시작하는 작가를 위한 세계관 설정 노트

내가 신이 되는 세상

내가 신이 되는 세상

PIE

Originally published in Japan by PIE International
Under the title 物語を作る人のための 世界観設定ノート
(A CREATOR'S GUIDE TO WORLD-BUILDING)
© 2021 Aki Enomoto / Ayane Torii / Enomoto office / PIE International
Original Japanese Edition Creative Staff:
著者 鳥居彩音
監修 榎木秋
執筆協力 榎本海月(榎本事務所)
装丁·デザイン 小松洋子
編集 関田理恵
Korean translation rights arranged through Shinwon Agency Co., Korea

ISBN 978-89-314-6617-1

독자님의 의견을 받습니다

이 책을 구입한 독자님은 영진닷컴의 가장 중요한 비평가이자 조언가입니다. 저희 책의 장점과 문제점이 무엇
인지, 어떤 책이 출판되기를 바라는지, 책을 더욱 알차게 꾸밀 수 있는 아이디어가 있으면 팩스나 이메일, 또
는 우편으로 연락주시기 바랍니다. 의견을 주실 때에는 책 제목 및 독자님의 성함과 연락처(전화번호나 이메
일)를 꼭 남겨 주시기 바랍니다. 독자님의 의견에 대해 바로 답변을 드리고, 또 독자님의 의견을 다음 책에 충
분히 반영하도록 늘 노력하겠습니다.

파본이나 잘못된 도서는 구입처에서 교환 및 환불해드립니다.

이메일 : support@youngjin.com
주 소 : (우)08507 서울특별시 금천구 가산디지털1로 128 STX-V 타워 4층 401호 ㈜영진닷컴
등 록 : 2007. 4. 27. 제16-4189호

STAFF

저자 도리이 아야네 | **감수** 에노모토 아키 | **역자** 최서희 | **책임** 김태경 | **진행** 차바울 | **디자인·편집** 김효정
영업 박준용, 임용수, 김도현 | **마케팅** 이승희, 김근주, 조민영, 김도연, 채승희 김민지, 임해나
제작 황장협 | **인쇄** 예림인쇄

시작하는 작가를 위한 세계관 설정 노트

내가 신이 되는 세상

도리이 아야네 저자 에노모토 아키 감수 최서희 역자

YoungJin.com Y.
영진닷컴

시작하며
- 이 책의 사용법 -

이야기를 창작하는 묘미 중 하나로 '이세계'를 만들기도 합니다. 현실에 존재하는 법률, 과학, 역사, 상식, 인간 본연의 자세 등을 자유롭게 바꾸거나 창조할 수 있기 때문입니다. 비판받을 일이 생길 수는 있어도 그 자체로 비난받을 일은 아니죠.

이런 특성 때문에 이세계를 만든다는 뜻과 일맥상통한 '세계관 설정'을 할 때 즐겁게 에너지를 쏟아 넣어 여러 가지를 생각할 수 있는 겁니다. 소설 부분 신인상을 검토할 때 원고와 함께 아주 두꺼운 세계관 설정 자료집이 첨부된 경우도 종종 있었는데, 여러분들은 규정 위반으로 탈락할 가능성이 있으니 첨부하지 않는 것을 추천합니다.

그렇다면 세계관 설정은 하고 싶은 대로, 마음대로 해도 된다는 걸까요? 혼자만 읽고 즐길 거라면 문제 될 일이 없겠지만, 다른 사람도 읽게 하려는 목적이 있다면 마음대로 만들어서는 안 됩니다. 모순이 있다거나 아무래도 이상한 부분이 있으면 이야기의 퀄리티가 나빠지니까요. 사람들에게 '재미없다…', '이해가 안 간다…', '지적할 부분이 많아서 짜증이 난다…'라는 비판만 받을 수 있습니다.

모처럼 마음먹고 자신의 세계관 설정이 담긴 이야기를 만든다면 좋은 이야기를 만들어야지 않겠나요? 이럴 때는 근본 아이디어는 그대로 두고, 새로운 설정을 추가하거나 상반된 설정을 과감히 삭제해서 퀄리티를 높여봅시다.

그렇게 마음을 먹었다고 당장에 무얼 생각해야 할지 떠오르진 않을 겁니다. 바로 그때가, 이 책이 나설 차례입니다.

이 책의 구성은 크게 세 부분으로 나뉘어 있습니다.

PART 1은 하나의 세계를 만들기 위해 꼭 필요한 주요 요소들을 설명합니다. 법률이나 과학을 시작으로 현실에서 있을 수 없는 요소들까지

다룹니다. 조금 딱딱한 내용이지만, 확실한 설정을 위해서 꼭 읽어주셨으면 좋겠습니다.

PART 2는 템플릿입니다. 일반 노트나 텍스트 파일에 조금씩 옮겨 써도 좋지만, 템플릿의 순서를 따라가면 설정 누락이 생기지 않고 정리하기도 쉽습니다. 다섯 가지 세계의 패턴을 준비했고 각 항목의 사고방식에 관한 설명을 포함했습니다.

PART 3는 다섯 가지 세계의 템플릿에 내용을 채운 샘플입니다. 어떤 의도로 설정한 것인지도 간단히 설명하니 끝까지 참고해주셨으면 좋겠습니다.

세계관을 만들어보는 걸 좋아하시는 분과 어려워하시는 분들에게 도움이 되었으면 좋겠습니다. 당신의 창작 활동이 더욱 향상되길 바랍니다.

구약성서 《창세기》에 등장하는 전설 속의 탑인 바벨탑. 노아의 홍수 이후의 상상 속 세계를 그리고 있다. 노아의 후손들이 하늘까지 닿는 건물을 세우려고 하자 신이 분노하여 그들이 사용하는 언어를 혼란스럽게 만들어 탑의 건설을 방해했다고 한다. 그림 속에 그려진 건물에서 당시의 세계관을 살펴볼 수 있다. 많은 작가가 바벨탑을 그렸고, 네덜란드의 화가 브뤼겔이 그린 바벨탑(16세기)이 가장 유명하지만 이 작품은 17세기의 학자 아타나시우스 키르허가 쓴 《바벨탑》(1679)에 실려있는 그림이며 리비우스 크레일이 그렸다.

목차

PART
1

세계관 창작 설명

세계는 다양한 부분이 뒷받침되어야 합니다.
우선은 어떤 부분들이 있는지 살펴보고
저마다의 본연의 상태를 파악해봅시다.

각 항목의 요점을 설명하는 이 책으로 인해
여러분이 세계를 한층 더 깊이
추구했으면 좋겠습니다.

현실 세계를 알아보자

어떤 세계를 만들든 자유이지만, 요소들을 결정해야만 합니다.

 이야기의 세 개의 기둥

만화, 게임, 소설 등 이야기를 만들 때 캐릭터 · 스토리 · 세계관이라는 세 개의 기둥이 필요합니다. 하지만 이 기둥들이 완벽해야만 '이야기'냐고 묻는다면 "반드시 그렇다"라고 대답하긴 어렵습니다. 이 중에서 그럴듯하게 생각해두면 이야기가 저절로 만들어지는 기둥이 있습니다. 비로 세계관입니다.

 설정이 뚜렷하지 않으면 어떻게 되죠?

'세계관은 대충 생각해두면 된다고?!'라는 결론은 섣부릅니다. 세계관 자체를 중심으로 하는 이야기도 많을뿐더러, 세계관의 설정이 명확하지 않으면 '이 세계에서 이건 불법 아닌가?' '이 지역의 이동 수단으로 적절한가?' 등의 지적할 부분이나 모순들이 발생합니다. 그때마다 설정을 추가하거나 변경해도 되지만, 오히려 또 다른 문제를 만들어낼 수 있습니다.

 그럼 어떻게 생각해야 하죠?

'어떤 것부터 정해야 하나…' 어찌할지 모르겠는 게 당연한 겁니다. 토지는 어떻고, 계절은 어떻고, 어떤 생물이 있고, 인간의 생활은 어떤지. 화폐 경지인지, 법률이나 정치는 어떤지. 언급한 이것들은 하나의 예시일 뿐입니다. 여기서 한층 더 파고들어야 합니다.

이야기에 직접적으로 등장하지 않는 설정이라도 그곳은 캐릭터가 사는 세상입니다. 스토리 뒤에서 식사하며 교류하는 사회이죠. 그런 사회가 이야기에 내비쳐지지 않는다는 건 어려운 일입니다. 마왕을 쓰러트리기 위해 모험하는 용사들이 음식 없이도 살 수 있는 건 아니니까요.

무에서 유를 만드는 건 확실히 어려운 일. 그렇다면 이미 있는 것(현실)을 참고하면 됩니다.

 현실 세계를 살펴보자

현실 세계는 다양한 역사를 겪으며 수많은 제도를 만들었습니다. 이것들을 조합하거나 응용해 자기 세계에 적용해봅시다. 그러기 위해서는 세상의 이모저모를 알아야 합니다. 이제부터 자기 세계를 만들기 위한 기초적인 요소와 지식을 소개합니다. 이것들을 단서로 스스로 조사해봅시다.

세계는 어떤 요소로 구성되어 있을까?

1 역사

P.010

세계와 나라, 그리고 마을은 어떻게 발전해 왔을까? 어떻게 발전해서 지금에 이른 걸까?

2 문화

P.013

대중에 의해 탄생해 역사와 함께 모습이 바뀌어 간다. 그 세계를 물들게 하는 것이 문화다.

3 종교

P.016

신을 믿으며 그 가르침에 따라 하루하루 생활한다. 그렇게 구원을 얻어 힘든 일을 극복할 수 있다.

4 국가

P.020

사람이 모여 대중이 되면, 국가라는 형태로 정리해야 한다. 누가 위에 올라설 것이며, 국민은 자유롭게 살 수 있을까?

5 계급

P.022

인간은 평등하지 않았다. 위에 서는 자는 마음대로 권력을 휘둘렀고, 아래에 있는 사람은 겁에 질려 따를 수밖에 없는 시대가 있었다.

6 지형·기후

P.026

지형과 기후는 지역의 특징 중 하나이고 지구에는 다양한 지역이 있다. 사람들은 어떤 하늘 아래를 걷고 있을까?

7 음식

P.029

이야기를 수놓는 요리. 어떤 요리든 사람들의 번뜩이는 아이디어나 연구로 태어난다.

8 인구

P.032

사람이 많으면 많을수록 세상은 발전한다. 다만 일정한 균형도 필요하다.

9 마을, 도시, 국가, 다른 지역과의 관계

P.034

캐릭터의 세계는 한 지역에만 머무르지 않는다. 그 앞에 펼쳐진 세계도 창조하자.

10 경제

P.038

생활에 당연하게 존재하는 돈. 돈이 없는 세상을 구축하긴 어렵다. 캐릭터의 지갑 사정은 어떨까?

11 기술의 발전

P.042

인간은 지혜로워서 발명 등을 통해 지속적으로 생활을 즐겁고 풍요롭게 만든다. 이는 현재진행형으로 계속되고 있다.

환상적인 존재 12

P.048

창조한 세계이니 '불가능한 것'이 존재해도 아무런 문제가 없다. 자신만의 신기한 세상을 만들어보자.

009

chapter

1
역사

세계는, 나라는, 마을은 어떻게 생겨났나요?
그리고 어떻게 발전해 지금에 이르렀나요?

세계관의 모순에 주의하자

여기부터 구체적으로 세계는 어떤 요소로 이루어져 있는지, 그 요소에 관해서 무엇을 생각하면 좋을지 설명하겠습니다. 요소를 어떻게 설정하느냐에 따라서 캐릭터들의 행동이나 사고방식이 달라집니다.

처음은 그냥 '이런 느낌일까?' 정도로 애매함이 있어도 괜찮습니다. 요소를 채워가다 보면 'OO은 이런 설정이니까 □□가 이렇지 않으면 이상하겠네.'라고 알게 됩니다. 자신의 세계관이므로 설정을 자유롭게 정할 수 있지만, 모순이 생기지만 않도록 주의합시다.

신화에 의해 세워진 나라

나라나 지역에 반드시 있어야 하는 것, 첫째는 역사입니다. 선인들이 쌓아 올린 것에 의해 그 땅이 성립되는 것입니다. 그것이 전진(발전)일 수도 있고, 후진(쇠퇴)일 수도 있지만, 어느 쪽이든 거듭되면서 만들어지는 것이 역사입니다.

국가가 만들어지기까지의 과정을 설명하는 것으로 신이나 사람들의 이야기가 있습니다. 신화가 사람들의 말로 전해 내려온 신들의 이야기입니다. 그리스 신화, 북유럽 신화, 인도 신화, 일본 신화 등 다양하며 모두 이야기로서 아주 흥미롭습니다. 모든 이야기의 패턴이 신화에 담겨 있다고 이야기할 정도입니다.

만들고 싶은 세계에 판타지 요소를 추가하고 싶다면 꼭 여러 나라의 신화를 읽어보세요. 나라의 성립뿐만 아니라 에피소드를 만들 때도 도움이 될 겁니다.

사람들이 세운 나라

이번에는 역사 교과서에도 실려 있는, 사람들에 의해 세워진 나라에 대해 알아봅시다.

일본이 어떻게 국가가 되었는지 아시나요? 후에 일본이라고 불리는 지역이 중국에서는 '왜(倭)'라고 불렸고, 왜에는 많은 나라가 있었습니다.

나중에 '히미코'를 여왕으로 하는 사마 대국이 되었고, 그 후에 한 번 더 형태를 바꾸어 야마토 조정이 되었습니다. 쇼토쿠 태자(우마야도의 왕)의 활약에 의해 중앙집권국가의 형태를 갖추게 됐고, 임신의 난에서

승리한 덴무 천황에 의해 일본서기가 편찬되어 지금으로 이어지는 일본의 구조가 확립되었습니다.

다른 나라도 살펴보죠. 영국의 식민지였던 미국이 지배에 반발하여 독립을 획책했고, 프랑스와 스페인의 원조를 받아 독립에 성공했습니다.

미국을 식민지로 삼고 있던 영국은 4개의 지역을 기반으로 만들어진 나라입니다. 축구나 럭비 등의 세계대회에서 영국이 아니라 '잉글랜드'로 출전하는 이유입니다.

역사가 다르면 무엇이 달라지는가?

마지막으로 역사에 따라 캐릭터는 어떻게 달라지는지 생각해봅시다. 다른 역사를 가졌다면 나라의 발전 추이가 다를 겁니다(역사뿐만 아니라 그 나라의 자원이나 지형 등 여러 요건에 의해서 달라집니다). 역대 지도자들이 나라를 어떻게 인도해왔느냐에 따라 삶의 질과 형태가 결

나라 탄생

태초의 하늘에 신령들이 나타났다. 신령들은 의견을 나누어 두 명의 신에게 '표류하는 이 땅을 존재해야 하는 모습으로 정리하여 굳히라'고 명했다. 이때 선택 받은 두 명의 신이 남신인 이자나기 노미코토와 이자나미 노미코토이다.

두 신은 하늘에 뜬 다리 위에 서서 신령들에게 받은 신성한 창으로 바다를 휘젓고 끌어올렸다. 그러자 끝에서 방울지며 흐른 썰물이 쌓여 오노고로섬이 되었다. 이것이 일본 국토 최초의 섬이다. 두 신은 이 섬에 내려와 거대한 궁전을 짓고 결혼하여 아래의 여덟 개의 섬을 낳았다.

- 아와지노호노사와케노시마(아와지섬)
- 이요노후타나노시마(시코쿠)
- 아키노미쓰고노시마(오키노섬)
- 쓰쿠시노시마(규슈)
- 이키노시마
- 쓰시마(쓰시마)
- 사도가시마
- 오오야마토토요아키쓰시마(규슈)

그로 인해 이 나라의 여러 이름 중 하나가 '오야마시마쿠니(大八島国)'이며 큰 여덟 개의 섬나라라는 의미이다. 이로써 나라 탄생이라는 큰일이 일단락되었다.

정되는 것입니다.

다음은 '국민감정'입니다. 과거에 어떤 나라와 전쟁을 했다고 칩시다. 이겼든 졌든, 상대 나라에 대해서는 예전과 다른 생각을 가지게 될 것입니다. 시간이 지남에 따라서도 다르겠죠. 실제로 전쟁에 참여한 국민이라면 감정이 더 강해질 것이고, 몇백 년이 지나 '교과서에서 봐서 알고는 있지만, 와닿지 않네.'라고 생각하는 국민도 있을 겁니다.

전자와 후자는 같은 나라의 국민이라도 생각이 상당히 다른데, 흔히 말하는 세대 차이라는 것이죠. 이것은 그 캐릭터들이 만들어 온 역사의 차이에 의해 생깁니다.

chapter 2
문화

대중에 의해 탄생하여 역사와 함께 모습을 바꾸어 갑니다.
세계를 물들이는 주요 존재죠.

문화란 무엇일까?

문화의 정의를 다시 확인해 봅시다.
디지털 대사전을 검색해봤습니다.

① 인간의 생활양식 전체. 인류가 자기 손으로 쌓아 올린 유, 무형 성과의 모든 것. 각 민족, 지역, 사회에 고유한 문화가 있으며 학습을 통해 전해져 배우는 것과 함께 상호 교류로 발전해 왔다. 컬쳐.
② ①중에서 특히 '철학, 예술, 과학, 종교 등의 정신적인 활동 및 그 결과. 물질

적 산물은 문명이라 부르며 문화와 구별된다.'

조금 어렵게 쓰여있지만, 그곳에 사는 사람들이 계속 받아들여 온 관습이라고 하면 이해하기 쉬울 겁니다.

여러 나라의 문화를 알아보자

여러 나라의 문화를 살펴봅시다. 우선은 일본에 많은 영향을 미친 중국. 우리가 당연하게 사용하고 있는 한

자는 중국에서 전해진 것이며 그 외에도 다양한 지식이나 물건이 전해져 왔습니다.

그래서 지금의 일본과 중국이 비슷한 나라냐고 묻는다면 그렇지 않습니다. 중국의 문화를 수용하면서 일본의 문화를 독자적으로 쌓아왔기 때문이죠. 그러나 중국에서의 전래가 일절 없었다면 일본은 지금 전혀 다른 나라일지도 모릅니다.

이야기가 빗나갔으니 원래로 돌아갑시다. 우리가 품고 있는 중국의 이미지는 어떤 것이 있을까요? '팬더', '차이나 드레스', '쿵푸' 정도가 튀어나오겠지요?

팬더는 중국 쓰촨성 중부와 북부, 간쑤성 남단 지역에 서식합니다. 그 사랑스러운 모습으로 일본 동물원에서도 큰 인기를 얻고 있는 동물입니다. 차이나 드레스는 중국에서는 치파오라고 불리며 원래는 만주족(중국 동북 지방에 사는 민족) 여성의 복장이었습니다. 쿵푸는 중국식 권법으로 일본의 가라테와 비슷한 것입니다.

생각해보면, 현대의 중국인 여성은 차이나 드레스를 일상적으로 입지는 않는다는 걸 알 수 있습니다. 그럼에도 많은 사람이 중국! 하면 차이나 드레스를 연상하죠. 중국인들의 생각이 어떠하든 차이나 드레스가 중국 문화의 하나이기 때문입니다.

이처럼 나라를 만들 때는 무언가 상징이 될 만한 것을 설정하면 개성이 나타나겠지요. 그것이 물건이거나 사람이어도 괜찮습니다.

무형 문화도 있다

무형 문화란 어떤 걸까요? 일본인의 가치관 중 하나인 '와비사비'를 알아보겠습니다. 그대로 검색하면 나오지 않고, '와비', '사비'라고 따로따로 조사해야 의미를 알 수 있습니다.

와비(侘)는 다도, 하이카이(일본 시의 형식 중 하나) 등에서 이야기하는 한적한 풍경. 간소함 속에 있는 차분하고 쓸쓸한 느낌.

사비(寂)는 오래되고 원숙한 맛의 깊이가 있는 것. 한적한 정취를 느끼는 것. 수수한 멋이 있는 것. 쓸쓸함. 고요한 멋.

라고 《일본국어대사전》에서 설명하고 있습니다. 와비사비라는 게 어떤 것인지 느낌은 알고 있었다고 해도, 정확한 의미를 알고 있는 사람은 별로 없을 겁니다. 간단히 얘기하면 '간결하고 차분한 것에 정취가 있다.'라고 할 수 있어요. 이러한 와비사비가 외국인 입장에서 보면 일본 특유의 가치관인 겁니다.

　무형의 문화란 이처럼 가치관이나 사고방식, 상식을 가리킵니다. 국민성이나 관습이라고 바꿔 말해도 좋습니다. 다른 나라에도 이렇게 국민 전체가 '평소에는 의식하지 않지만, 근본적으로 갖고 있는' 가치관이 있을 겁니다. 해외여행을 가 보면 사고방식의 차이에 놀라는 경험이 발생하는데 바로 그런 것이죠.

　미국에서는 팁을 주는 것이 상식이라고 일본에도 잘 알려졌지만, 팁을 지급하는 것을 전제로 한 계산 방법은 꽤 신선하게 비칠 것입니다.

지역의 문화를 생각하자

문화는 국가 단위뿐만 아니라 지역마다도 존재합니다. 절대적으로 넓다고 할 수 없는 일본에서조차 지방마다 각각의 풍습이 있습니다. 설날을 보내는 방법이나 결혼식을 올리는 방법(축의금을 건네는 방법과 회비를 내는 방법이 있기도 합니다), 식재료의 조리법 등 다양합니다.

　세계를 만들 때, 이런 문화를 하나라도 만들어 두면 그 세계에 개성이 생깁니다. 그 지역에서 자라지 않은 캐릭터를 등장시킴으로써 특징을 나타내기 쉬워질 겁니다.

chapter
3
종교

사람들은 신을 믿고, 신의 가르침에 따라 일상을 보냅니다.
그렇게 하면 구원을 받고 힘든 일도 극복할 수 있습니다.

믿음으로
변하는 생활

종교가 캐릭터에 미치는 영향은 문화와 비슷하게 가치관이나 사고방식을 변화시키지만, 문화보다 절대적이라는 차이가 있습니다. 신과의 약속 같은 것이기 때문입니다.

일본인은 그다지 종교에 구애받지 않는 국민성을 갖고 있다는 말을 자주 듣습니다. 12월 하순에 크리스마스를 보내고 새해가 되면 신사에 정월 첫 참배를 하러 가는 사람들이 많으니까요. 가만 보면 트집 잡을 데가 있는 행동입니다.

크리스마스는 예수 그리스도의 탄생을 축하하는 날이고, 정월 첫 참배는 절과 신사에 참배하러 가는 것이죠. 아시다시피 다른 신입니다. 이처럼 기념일에 맞춰 각각 다른 신에 대한 행동을 하고 있습니다.

물론, X-mas는 이벤트라는 측면이 큰거니까 모두가 진심으로 예수 그리스도의 탄생을 축하하진 않겠죠. 정월 첫 참배도 신에게 참배한다는 생각은 있지만, 그 대상이 어떤 존재인지는 잘 모르는 사람도 많습니다. "○○에 효험이 있는 신" 정도로만 인식합니다. 강한 믿음과 의지를 보여준다고는 생각할 수 없죠.

이렇게 신들에게 경의를 표하면서도 가벼운 마음을 갖는 것이 허용되는 특색을 가진 일본, 원래부터 한 명이 아니라 아주 많은 신(야오요로즈노카미)을 믿는 나라이기 때문입니다. 야오요로즈(八百万)는 '수가 많다'를 뜻합니다.

일본인들은 신사에서 모시는 신뿐만 아니라 주변의 물건에도 신이 깃들어 있다고 생각해 왔습니다. 산이나 강, 자연현상, 오랫동안 소중하게 여긴 물건에는 정령인 쓰쿠모가미가 깃든다고도 이야기합니다.

이처럼 신은 가까운 존재이며, 생활 가까이에 있습니다. 독실한 신자의 입장에서는 천벌 받을 일일 수 있지만, 각자 나름대로 신에 대한 믿음을 가지고 있겠죠. 물론 무신론자도 있을 테며 그것을 부정당할 일도 없는 나라가 일본입니다.

신앙이 엄격한 나라의 다양한 습관을 알아보자

이번에는 신앙에 엄격한 종교를 살펴봅시다.

불교, 기독교와 함께 세계 3대 종교라고 불리는 이슬람교. 알라를 전능한 신으로 믿으며 몇 가지 주요 의무가 있습니다. 예배나 단식 같은 것입니다. 생활에 크게 영향을 미치는 의무이죠.

단식은 소리만 들어도 움찔할 만하고, 예배라는 것도 일본인에게는 신선하게 보일 수 있습니다. 그리고 기독교와 마찬가지로 정기적으로 신에게 기도를 올립니다. 따라서 기도하기 위한 시간을 내야만 합니다. 신자들에게는 의식적으로 시간을 내는 것이 아니라 자연스럽게 배어있는 습관일 테죠.

시대에 따라 변하는 종교

옛날에는 신을 믿는 사람이 많았습니다. 자연재해가 일어나면 "산의 신이 노했다!"라며 겁을 먹거나, 그 시대에서 증명할 수 없는 현상이 일어나면 "신이 내린 기적이다!"라며 놀라워했습니다. 엄청난 일이 벌어지면 좋은 일이건 나쁜 일이건 '신의 손'에 의한 것이라고 여겼습니다.

이제는 대부분이 과학적으로 증명되어 원인에 신을 끌어들일 필요가 없어졌습니다. 이 점이 지금 일본의 종교관을 형성한 하나의 요인이라고도 할 수 있지 않을까요?

반대로 이야기하면, 에도 시대나 중세 유럽 등 아직 과학이 발전하지 않은 시대의 세계를 만들고 싶다면, 신을 믿는 사람들의 비율이 현대보다는 많겠다고 생각하면 좋겠죠.

특히 지금과 달리 병으로 사람이 쉽게 죽던 시대입니다. 신을 찾는 사람이 적지 않을 겁니다.

확실한 종교까지는 만들 생각이 없다고 해도, 사람들의 가치관 속에는 신의 존재가 진하게 반영되어 있다는 점은 의식해 두어야 합니다. '신은 존재하지 않는다', '신을 믿지 않는다'라고 정한다면 그 나름의 이유를 만들어야만 합니다.

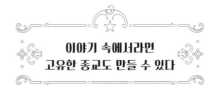

이야기 속에서라면 고유한 종교도 만들 수 있다

얼마나 많은 수의 종교가 존재할까요? 알기 어렵습니다. 한 개인이 교주가 되기 시작한 작은 종교들도 있기 때문입니다. 불교도 하나로 단결된 것이 아니라 여러 종류의 파생된 종파가 있습니다.

따라서 당신이 만들 세계에 고유한 종교를 등장시켜도 아무런 문제가 없습니다. 그 종교가 국민 대다수가 믿는 종교여도 되고, 그 지역에서만 은밀히 믿는 종교여도 됩니다. 하지만 현존하는 종교를 깎아내려서는 안 된다는 것을 명심하세요.

세계 3대 종교

불교

일본에는 6세기 중반에 전해졌습니다. 삶은 고통이므로 그 고통에서 벗어나 자유의 경지에 이르는 방법을 설파합니다. 창시자는 인도의 고타마 싯다르타(부처라고도 불립니다)입니다. 그가 깨달음을 얻어 석가모니불이 되어 가르침을 설도했습니다.

사고팔고(四苦八苦)라는 사자성어는 부처의 가르침을 바탕으로 합니다. 기본적인 네 가지 고통인 생(生), 노(老), 병(病), 사(死)와 사랑하는 사람과 이별하는 고통인 애별리고(愛別離苦), 원망스러운 사람을 만나는 고통인 원증회고(怨憎会苦), 구하려 해도 얻지 못하는 고통인 구불득고(求不得苦), 심신이 괴로운 오음성고(五陰盛苦)를 합쳐서 팔고라고 합니다.

기독교

예수 그리스도의 가르침을 믿는 종교. 경전으로 구약과 신약이 있습니다. 구약성서는 기원전, 약 1,000년에 걸쳐 쓰인 문헌입니다. 유대교의 경전이기도 합니다. 신약성서에는 예수의 일생과 언행, 제자들의 포교 활동 등이 쓰여 있습니다.

가르침의 기본은 '사랑(아가페)'이며 예수의 언행록인 복음서에는 '마음을 다하고 정신을 다하고 생각을 다하여 너의 하나님을 사랑하라. 자신을 사랑하듯 이웃을 사랑하라'라고 적혀 있습니다.

이슬람교

마호메트가 아라비아반도 메카의 동굴에서 유일신 알라의 계시를 받은 것이 이슬람교의 기원입니다. 그 계시를 모은 코란을 경전으로 삼고 있습니다. 신자는 모슬렘(이슬람교도)이라고 합니다.

알라, 천사, 경전, 예언자, 내세, 예정(인간 및 세계에서 일어나는 일은 신에 의해 모두 정해져 있다는 것)의 존재를 믿으며(육신; 6가지 믿음), 신앙고백, 예배, 단식, 구빈세(가난한 자들에게 쓰이기 위한 세금), 메카 순례를 의무로 하고 있습니다(오행; 5가지 행위). 우상숭배는 물론, 신의 모습을 그리거나 형체가 있는 상(像)으로 만들어서는 안 됩니다.

chapter

4
국가

사람이 모여서 대중이 되면, 나라라는 형태로 정리해야 합니다.
누가 위에 설 것인가, 국민은 자유롭게 살 수 있는 것인가를요.

불과 150년전까지, 일본은 에도 막부라는 정권이 국가의 위에 서 있었습니다. 참고로 일왕은 국가와 국민의 상징이라는 자리입니다.

그렇다면 당신이 만드는 세계는 어떨까요? 흔히 판타지 세계에는 왕이 존재하지만, 그렇게 되면 현대의 나라와는 형태가 다르게 됩니다. 국가의 형태는 어떤 것들이 있을까요? 국가의 제도를 알아두는 것도 매우 중요합니다. 찾아보세요!

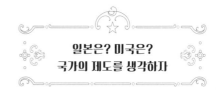

일본은? 미국은?
국가의 제도를 생각하자

아주 많은 국가가 있지만, 간단히 나누면 '군주제'와 '민주제' 두 가지가 있습니다. 황제나 국왕 등의 절대 권력자가 지배하는 군주제와 주권재민 즉, 국민 다수의 의견으로 나라가 운영되는 유형입니다.

실제로는 군주제라고 해도 절대권력이 없거나, 특권계층인 귀족이 나라를 운영하기도 합니다. 그 외에는 '입헌군주제'라고 헌법에 따라 군주의 행동에 민주적으로 제한을 두는 유형도 있죠.

또, 민주제지만 일부 자본가가 사실상 군주나 귀족이 되어 지배하는 경우도 존재합니다. 민주제는 '삼권 분립'이라고 해서 법률을 만드는 '입법', 법률을 바탕으로 국가를 운영하는 '행정', 법률을 바탕으로 재판하는 '사법'으로 나뉜 경우가 많습니다. 서로를 견제하게 만들어 독재적인 제도가 되는 걸 막기 위함입니다.

군주제나 귀족제라면 그들의 의도에 따라서 삼권이 운용될 가능성도 있습니다. 여러분이 만드는 세계는 어떤 유형과 어울리는지 곰곰이 생각해봅시다.

○ 국가의 예

● 일본: 민주주의

상징 천황제이며 천황은 실권을 갖지 않습니다. 회의에서 선출된 내각 총리대신이 행정을 운영하고 대법관은 내각을 임명하지만, 국민이 신임투표를 합니다.

● 미합중국: 민주주의

대통령이 국가의 원수입니다. 국민의 간접선거로 선출됩니다. 이원제의 회의가 그것을 감시합니다.

chapter

5

계급

위에 선 자는 권력을 마음대로 휘두르고
아랫사람은 겁을 먹고 따를 수밖에 없는 시대가 있었습니다.

귀족인가 평민인가

일본은 에도 시대까지 신분 제도가 있었습니다. 무사가 가장 위대했고 다음이 농민과 상인이었습니다(돈이 가장 많은 건 상인이었지만). 세계 각국에 신분 제도가 있었는데, 알기 쉬운 분류 방법으로 왕족, 귀족, 평민, 비 정착민, 노예가 있죠.

평민은 국민의 대부분인 일반인을 말합니다. 군주제라면, 이 평민이 세금 부담에 시달리게 됩니다.

비 정착민이란 말 그대로 정착지가 없는 백성을 말합니다. 어떤 나라나 도시에 소속된 경우도 있지만, 완

전한 자유민이거나 방랑하는 민족도 있습니다.

노예는 대대로 노예 계급이며, 거기서 벗어나기는 어렵습니다. 또 전쟁이나 경제 활동의 결과로 노예 신분이 되기도 합니다.

이러한 신분 이외에 종교 관계자가 있습니다. 국가의 구조에 따라서는 귀족에 가까운 대우를 받거나 특권을 얻기도 합니다. 종교인이어야 할 신부가 특권을 이용해 나쁜 짓을 저지르는 일도 자주 있었습니다.

신분 상승

평민에서 왕족이나 귀족이 되는 것

군의 계급

군의 계급은 크게 원수, 사관, 준사관, 부사관, 병사로 나눌 수 있습니다. 또 여기에서는 편의적으로 각 계급을 대, 중, 소로 나타냈는데, 일등, 이등 등으로 나타내기도 합니다. 각 계급을 부르는 법은 여러 가지가 있지만, 이번에는 제2차 세계대전 시의 일본군을 참고하며 각기 픽션 등도 고려하여 편의적으로 정리했습니다. 장군급에 상급 대장이나 대장 등이 있거나 준장, 준령이 없는 예도 있습니다.

은 거의 불가능합니다. 왕족이나 귀족이 평민과 결혼하면 그 신분을 잃을 정도였죠. 신분에 차이가 있는 사랑은 러브스토리의 정석이지만, 현실적으로는 상상 이상의 고난한 길입니다. 이제까지 보장받았던 사치스러운 생활이 불가능하니까요.

평민의 신분 상승 수단 중 하나로 군사 귀족(기사)이 있습니다. 일본에서는 무사이죠. 전란의 시대에 공적에 따라 출세하여 귀족이 되기도 했던 겁니다. 일본에서는 농민이었어도 무사 가문에 양자로 들어가게 되면 무사 신분을 밝힐 수 있었습니다. 후계자가 없는 등 불가피하지 않고서는 벌어지지 않는 일이었지만요.

왕가의 대가 끊어졌거나 왕가가 신망을 잃었을 때 귀족이 왕위를 이은 예가 있습니다. 또 아군과 함께 독립하여 새로운 왕국을 세우기도 했습니다.

memo

계급(위부터 높은 순으로)	계급별	계급 설명
대원수 원수	원수	전시 중에 대장이 많으면 그들의 통솔자가 되거나, 대장 은퇴 후 명예호가 되기도 한다. 대원수는 국가 원수가 겸하는 경우가 있다.
○ 장성급 (각 부서나 그룹의 지휘관) 대장 중장 소장 준장	장교	군대의 엘리트. 군사 전문학교나 군 대학을 나온 사람이 간부 또는 간부 후보생으로서 임무를 맡는다.
○ 영관급 (중간 규모 그룹의 지휘관) 대령 중령 소령 준령		
○ 위관급 대위 중위 소위		
준위	준사관	병사보다 출세한 사람이 장교에 준하는 대접을 받는다.
상사 중사 하사	부사관	장교를 보좌하는 동시에 아주 소규모 그룹의 지휘관을 맡기도 한다.
병장 일등병 이등병	병사	일반 병사

실전 부대의 조직 단위

일반적인 육군의 군 단위를 정리해봤습니다.

실제로는 국가마다 더 세분화되어 있거나 시대나 지역에 따라 정의가 다르므로 기준으로만 참고합시다.

군단	복수의 사단을 지휘하에 둔다.
사단	복수의 여단, 연대를 지휘하에 둔다.
여단	복수의 연대나 대대를 지휘하에 둔다.
연대	복수의 대대 혹은 중대를 지휘하에 둔다. 대대와 중대가 동시에 소속되는 경우도 있다.
대대	복수의 중대를 지휘하에 둔다.
중대	복수의 소대를 지휘하에 둔다.
소대	기본적인 실전 부대의 최소 단위. 여기서 다시 분대나 반으로 나뉘기도 한다.

유럽의 작위

유럽 귀족의 작위 일람. 기본적인 영어 이름도 담았습니다. 일본에서도 오등작인 공(公)·후(侯)·백(伯)·자(子)·남(男)의
작위가 있었으나 메이지 시대에 중국의 작위 체계에 서양의 작위 명을 적용한 것이라서 본질적으로는 다릅니다.

공작	듀크. 최상위 귀족. '대공'이 되면 왕족의 작위나 소국 군주의 칭호가 된다.
변경백	마르크그라프(독일어). 변경에 해당하는 전권을 부여받은 귀족.
후작	마퀴스. 변경백이 뿌리인 작위라 여겨진다.
백작	얼, 카운트. 중세 전기 유럽에 있었던 프랑크 왕국의 관리로 거슬러 올라간다.
자작	바이카운트. 백작의 자제가 이렇게 불리기도 했다.
남작	배런. 5단계 작위 중 최하위.

일반 기업의 서열

현대의 일반 기업에서 자주 볼 수 있는 직책을 서열로 나열했습니다.

CEO · COO CTO	순서대로 최고경영자, 최고운영책임자, 최고기술경영자의 약자. 아래의 서열과는 별도로 존재하며 회장 겸 CEO 등 겸임하는 경우가 많다.
회장	일반적으로 명예직이다. 사장이 퇴임하여 취임하는 일이 많다.
대표이사 사장	회사를 대표하는 대표이사 중 회사의 총수가 되어 책임을 지는 직책이다.
부사장	이사(대표권을 갖지 않을 때도 있다. 이하 동일). 사장 다음으로 사내 서열이 높다.
전무 · 상무	이사. 일반적으로 전무가 사내 서열이 높다. 부사장이 없는 회사에서는 전무가 대표권을 갖고 있기도 하다. 상무는 이사 중 상위에 위치한다.
부장 · 과장 · 계장	'부', '과', '계'의 우두머리. 왼쪽부터 순서대로 책임 범위가 넓다.
주임	소규모 그룹 사원의 선임.
일반 사원	평사원이라고 부르기도 한다. 직함이 없는 사원.

chapter

6
지형 · 기후

지역의 특징 중 하나이며 지구에는 다양한 지역이 있습니다.
캐릭터들은 어떤 하늘 아래를 걷고 있을까요?

캐릭터가 사는 곳은
산? 바다?

여러분은 어떤 곳에 살고 있습니까? 평야, 산 근처, 해변, 매립지, 언덕이 많은 곳 등, 이 세계에는 다양한 지형이 있습니다.

캐릭터들이 사는 땅에 관해 아무 생각 없는 사람도 있겠지만, 산이나 바다가 가까이에 있는지를 결정하기는 쉬운걸요. 스토리에 따라서 산/바다가 가까이에 있어야 할 경우도 있으니까요.

산이나 바다. 완전히 같은 생활이 가능할까요? 현대는 전자제품이나 집 등이 튼튼해서 그렇게 큰 차이는 없지만, 산에는 산 나름의, 그리고 바다에는 바다 나름의 생활 방식이나 고민 등의 문제가 있을 겁니다. 중세 시대라면 그 영향을 제대로 받을 테니 더 많은 대책이 필요할 겁니다.

기후에서 토지를 떠올린다

그 지방의 상태에 따라 기후가 크게 변합니다. 기온/습도/일조량/풍량/강수량. 북쪽 나라는 춥고, 남쪽 나라는 따뜻하겠죠. 산맥의 유무나 해류에 따라서도 변화합니다.

지형과 기후도 물론 '불가능한' 것은 없지만, 자연현상이므로 일반적인 지형과 기후의 대략적인 방향성을 파악해 두면 토지의 이미지를 만들기 한결 쉬울 겁니다. '적도 부근의 토지는 고온다습한 열대기후라서 열대우림이 존재한다.'든지 말이죠.

일본은 홋카이도나 오키나와를 제외하고 온대 기후(겨울엔 춥고 여름은 덥다)입니다. 서유럽이나 남아메리카 일부도 같은 분포입니다.

지도를 만들어보자

오리지널 무대를 창작할 때 지도를 만들어 두면 매우 편리합니다. 국가나 마을을 만들 때도 같습니다. 어째서일까요?

이 무대 안에서 캐릭터들이 등장하는 곳이 몇 군데 있을 것입니다. 현대 고등학생이 주인공이라면 집, 고등학교, 아르바이트 장소, 자주 놀러 가는 곳 같은 장소겠죠. 이러한 장소의 위치 관계를 미리 정해두기 위해서 간이 지도를 만드는 것입니다. 정밀하지 않아도 괜찮습니다.

지도를 만듦으로써 각 장소 간의 이동시간을 명확하게 정할 수 있습니다. 이를 정해두지 않고 모호한 채로 두면, 점차 스토리 안에서 이동시간에 모순이 생기거나 할 수 있습니다. 그때그때 정한다면 더욱 그러겠죠.

집에서 학교까지는 ○○(교통수단)으로 몇 분, 집에서 아르바이트 장소까지는 몇 분, 고등학교부터 아르바이트 장소까지는 몇 분이라는 식으로 설정해봅시다. 교통수단은 주인공이 메인으로 사용하는 것이면 OK입니다. 글로만 정리해도 괜찮지만, 지도로 만들어 두면 가시화되어 여러 가지 것들을 상상하기 쉬워집니다.

온도에 따라
달라지는 패션과 음식

스토리와 밀접한 관련이 없다면 기후나 지형을 매우 자세히 설정할 필요는 없습니다. 다만 미리 정해두어야만 결정할 수 있는 것이 몇 가지 있습니다.

하나는 의복입니다. 추운 지역과 더운 지역은 당연하게도 입는 옷이 다릅니다. 더 파고들면 사용하는 소재도 차이가 있습니다. 구체적으로 어떤 소재인지까지는 설정하지 않더라도 통풍, 무게, 색감 등은 어느 정도 생각해두어야 캐릭터의 동작 차이로 이어집니다.

다른 하나는 식자재입니다. 기후나 토지에 따라서 생육의 적합함과 부적합함이 있는데, 이는 각 나라의 주식을 살펴보면 알기 쉽습니다. 일본은 쌀이 주식이지만, 유럽에서는 빵 등이 주식입니다. 감자가 주식인 나라도 있습니다. 자국에서 생산하지 못한다면 수입은 안 되는지도 생각해봅시다.

바다가 없는 땅에서는 물고기를 어떻게 먹어야 할까요? 보존법과 교통시설이 어떻게 발달했는가에 따라 다르겠지만, 다른 지역에서 사 올 수 있을 것입니다. 다만, 다른 음식보다 가격이 비싸서 사치품 취급을 받을 수 있습니다.

이야기 내에서 캐릭터들은 언제나 옷을 입은 상태이며 식사 장면도 반드시 나오게 됩니다. 따라서 기후와 지형을 최소한이라도 정해두면 묘사에 리얼리티가 살짝 곁들여집니다. 생각해두어서 손해가 될 일은 전혀 없습니다!

7
음식

이야기를 만드는 요리. 모든 음식은 사람들의 영감,
아이디어, 연구에서 태어납니다.

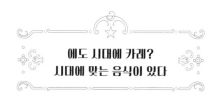

여러분이 좋아하는 음식은 무엇인가요? 요즘은 전 세계의 다양한 요리를 어렵지 않게 접할 수 있습니다. 음식점도 있을 테고, 재료를 사서 직접 만들 수도 있겠죠. 인터넷에서 레시피를 발견할 수 있으니까요.

그러나 여러분이 좋아하는 그 음식을 중세 유럽 시대에도 먹을 수 있었을까요? 못 먹는 음식이 더 많을 겁니다. 그 원인을 몇 가지 알아볼까요?

에도 시대에 카레?
시대에 맞는 음식이 있다

첫 번째 원인은 그 요리 자체가 아직 만들어지지 않았다는 데 있습니다. 일본인에게 카레는 매우 친숙한 메뉴인데, 에도 시대 사람들이 먹는 이미지는 떠올리기 어렵습니다. 그 시대에는 아직 카레가 일본에 전해지지 않았기 때문이죠. 카레 가루가 일본에 전해진 건 메이지 시대에 들어서입니다.

이처럼 시대적으로 레시피 자체

가 없었다는 패턴이 존재합니다. 이는 재료도 마찬가지입니다. 지금은 슈퍼마켓에서 진열된 배추를 언제든 볼 수 있지만, 1797년경에나 중국에서 전해진 것입니다. 이때 전해진 것은 불 결구 품종 배추라고 해서 우리가 흔히 보는 배추와는 조금 모양이 달랐지만요(배추 밑동 부분이 둥글게 부풀어 있지 않습니다). 현재 흔하게 보는 모양의 배추가 들어올 때까지는 1866년까지 기다려야 합니다.

1866년이라고 하면 에도 막부 말기, 생각보다 역사가 짧은 채소입니다. 의외인가요? 유럽으로 눈을 돌려보면 포토푀나 매쉬 포테이토 등 서양식 요리에 빠트릴 수 없는 감자조차도, 유럽에 전해진 것은 16세기경입니다. 16세기는 근대이므로 중세 유럽풍 세계에 감자를 등장시키면 부자연스러울 겁니다.

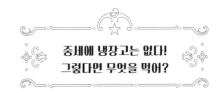

중세에 냉장고는 없다! 그렇다면 무엇을 먹어?

집 냉장고에 1L의 우유를 상비해 아침마다 마시는 사람? 냉장고는 전기만 들어온다면 항상 차가운 온도를 유지해 이러한 식자재를 오래 보관할 수 있습니다. 하지만 중세 유럽 등의 판타지 세계에 냉장고가 존재한다고 생각하긴 어렵습니다.

'과학 기술이 현저하게 발전한 세계라면?'이라는 설정으로 냉장고를 사용한다고 해도, 중세 유럽과는 분위기가 안 맞지 않을까요? 세계관을 망가트리는 요소는 가능하면 배제합시다. 신선도가 중요한 요리는 보관이 어려워 먹기 어렵다는 설정이 자연스럽습니다. 운반부터 어렵습니다. 얼음조차 귀해서 현대의 보냉제 등의 편리한 건 없을 겁니다.

그럼 어떻게 음식을 보관해야 하죠? 방법 중 하나가 소금입니다. 상하기 쉬운 식품을 염장하여 보존 기간을 늘릴 수 있습니다. 인간에게 아주 중요한 식품이죠. 그런데 인간은 기본적으로 '맛'을 찾는 생물입니다. 이런 욕구는 옛날부터 있었을 겁니다. 그래서 보존만을 위해 소금만 사용하지 않고, 더 맛있게 먹는 방법으로 향신료를 사용해서 맛을 내거나 바꿨습니다.

향신료의 원료가 되는 식물은 주로 인도나 인도네시아에서 재배됐기 때문에 유통에 막대한 돈이 들어갔다고 합니다. 향신료를 구하기 위해 배를 타고 모험을 떠나는 사람도 있으니 관심이 있다면 역사를 조사해보세요.

캐릭터의 창작 요리

현실의 레시피나 재료의 설정, 보존 방법 등의 역사를 조사해 확인해봅시다. 여기에 산지 문제도 있을 겁니다. 이러한 사항들을 종합해서 여러분의 세계에서 먹을 수 있는 것을 생각해봤으면 합니다.

역사를 엄밀히 고증하기로 했다면, 앞에서 언급한 '그 시대에 존재하지 않는' 요리나 재료, 조리법을 등장시키기 어렵습니다. 하지만 그렇게까지 까다로운 규칙을 세우지 않는다면 적당히 등장시켜도 괜찮습니다.

● 캐릭터가 현실에 있는 요리와 비슷한 요리를 창작한 것으로 합시다.
● 재료명을 확실하게 쓰지 말고 특징만 기재합니다. 또는 비슷한 소재를 창작합니다.

오리지널 요리로 만들어버리면 되는 것입니다. 이렇게 하면 역사적으로 봐도 이상하지 않습니다.

chapter

8
인구

사람이 많으면 많을수록 세계는 발전합니다.
다만 일정한 밸런스도 필요합니다.

인구가 많으면 밀을
재배해서 빵을 만들 수 있다!

'인구까지 생각할 필요가 있을까?'
네, 있습니다. 국가의 가장 큰 보물
은 국민이라고 이야기할 만큼 인간
은 아주 소중한 존재입니다. 심지어
귀족이라도 평민이 사라지면 난감
해지겠죠. 인구가 얼만지에 따라 무
엇을 할 수 있는지가 크게 달라집니
다. 인구라 하면 와닿지 않을 수 있
으니 규모를 더 작게 생각해봅시다.

단 한 명이 빵을 만들려고 합니다.
재료부터 혼자 준비한다면 우선 밀
을 재배해야 합니다. 밭을 가는 일부
터 시작해 매일매일 돌봐야 하죠. 애

초에 밀을 재배하는데 적합한 땅도
찾아야 합니다. 재료 하나를 준비하
는 것만으로도 중노동입니다.

재료를 준비했다면, 다음은 굽기
위한 환경 정비가 필요합니다. 오븐
에 구울지 가마에 구울지 말이죠. 여
기까지만 이야기해도 혼자서는 상
당한 고생이라는 걸 아시겠죠?

인원이 많다면 어떨까요? 밀가루
를 만드는 사람, 오븐을 만드는 사
람, 빵을 만드는 사람. 분담하면 한
사람이 갖는 부담이 많이 줄어들 것
입니다. 그렇게 사회가 형성되고 지
역이 나라로 발전합니다.

연령층은 어떻게 할까?
과학의 힘으로
해결하는 방법도 있다

일본의 인구는 1억 수천만 명에 달합니다. 옛날부터 이 숫자가 아니라 과학이나 의료가 발달하면서 증가한 것입니다.

그중 1억 명이 모두 아이라면 어떨까요? 지금처럼 나라가 돌아가기는 힘들겠단 생각이 듭니다. 인구뿐만 아니라 연령층 균형도 중요한 것이죠. 아이가 적으면 미래가 위험하고, 고령자가 사라지면 전통을 계승하기 어렵습니다. 한창 일할 나이인 중년 세대가 없으면 생산력이 떨어집니다.

이런 측면을 이용해 인구 밸런스를 국가나 지역 문제로 설정할 수도 있습니다. 혹은 가까운 미래/SF 세상이라면 과학의 힘을 빌려 이러한 문제를 불식시킬 수도 있겠죠. 인구와 인구의 균형, 어느 정도는 생각해 둡시다.

memo

chapter

9
마을 · 도시 · 나라,
다른 지역과의 관계

캐릭터의 세계는 하나의 지역만으로 끝나지 않습니다.
그 앞에 펼쳐진 세계도 창조합시다.

옆 마을만 만들면 되나?
이야기가
작아지지 않으려면…

이야기의 무대는 캐릭터가 있는 작은 마을에 한정되니 스토리가 전개되어도 고작 몇 개의 이웃 마을 정도까지만 진행됩니다. '그렇다면… 몇 개의 마을만 만들면 되려나?'라고 생각할 수 있겠습니다. 이 생각이 잘못된 것이라고 할 순 없지만, 약간 안일하다고 할 수 있어요. 인구를 이야기할 때 사람 수가 늘어나면 할 수 있는 것이 많아져서 저절로 사회가 형성되어 간다고 이야기했습니다.

대부분의 국가나 지역에서 시, 마을과 같은 구분이 이루어져 있다는 걸 생각해보세요.

여기서도 빵을 만들어본다고 생각해봅시다. 마을 단위이고 최소 수천 명의 인구가 있다고 합시다. 땅에만 문제가 없다면 밀로 빵을 생산해 인구수를 유지하는 게 그렇게 어렵진 않을 겁니다. 그러나 인간은 빵만 먹고 살아갈 수 없죠. 고기나 채소, 생선도 먹고 싶을 겁니다. 과연 음식만 필요한가요? 집이나 의복도 확보해야 합니다. 생각하자면 끝이 없죠. 이를 인구 수천 명만으로 보조할 수 있을까요?

불가능하다고 말하진 않겠습니

다. 그럼 어떻게 해야 할까요? 다른 지역과 교류해 필요한 물자를 조달하고, 판매하는 교역이 핵심입니다.

그래서, 이야기는 하나의 마을만으로 완결된다고 할 수 없는 겁니다.

마을이 어떻게 성립되는지 생각하자

그렇다고 마을이 교차하는 지역을 전부 생각하진 않아도 됩니다. 현대에 가까워질수록 다른 지역과의 연결이 많아서 매우 큰 일이 돼버립니다. 우선 이 마을이 무엇을 판매하여 수익을 올리는지 생각해봅시다. 물자의 조달도 중요하지만, 자본이 없으면 이야기가 되지 않습니다. 마을의 물건을 대량으로 사들이는 나라나 기업이 있을 겁니다. 그리고 그 거래처에 관한 설정을 가볍게 해봅시다. 왜 그 물건을 대량으로 구매하고 있는지 말이죠.

이어서 마을이 어디서 물자를 구매하는지도 설정합시다. 기업이나 상인일 수도 있고, 그렇다면 그 회사나 점포는 어디에 있을까요? 아마 물자의 교환이 쉬운 장소를 선호하겠죠. 항구가 있는 물가일 수도, 사람이 많은 도시일 수도, 아니면 큰 길이 있는 장소일 수 있습니다.

혹시 아직도 '등장하는 내용도 아닌데, 이거까지 생각하라고?'라는 분 계신가요? 그렇다면 실제 생활로 바꿔서 생각해봅시다. 주둔지 가까이에 마트와 약국이 있어서 직접적인 생활필수품은 언제든 손에 넣을 수 있는데, 의류나 가구 같은 부류의 물품을 파는 곳은 없어서 전철이나 자동차를 이용해 조금 멀리 나가야 하는 지역에 살고 있다고요.

이렇게 생각해보면 마을에서 나가지 않고 생활한다는 건 매우 어려운 일이라는 걸 알 수 있습니다. 도쿄에 산다면 옷을 살 때 시부야나 신주쿠에 가서 사는 것과 비슷합니다. 시부야에 살아서 생활에 필요한 모든 것을 갖추고 있다고 해도, 어떤 용건에 의해서 시부야 밖으로 가야 할 일이 생길 겁니다. 두루뭉술한 설정이라도 괜찮으니 그 외출 장소에 관해 생각해두는 것이 여러분이 만든 마을의 리얼리티로 이어질 것입니다.

외부인의 존재가 이야기에 깊이를 더한다

옛날부터 있던 이야기 패턴 중 하나로 '전학생의 등장'이 있습니다. 장소는 지방의 학교, 갑작스레 도시에서 전학을 온 스토리를 본 적 있지 않나요? 시골 생활이 당연했던 캐릭터들에게 도시에서 온 사람은 이색적인 존재입니다. 서로 여러 가지 차이를 느끼게 됩니다.

이것은 시골과 도시의 설정이 나름대로 제대로 만들어져 있기 때문입니다. 도시라고 해도 종류가 다양합니다. 앞에서 이야기했던 시부야와 신주쿠는 같은 도시라도 성격이 다릅니다. 물건을 살 장소가 많고 비교적 젊은 사람들이 모이는 시부야. 쇼핑이나 외식을 하는 데는 문제가 없지만, 회사도 많으며 지역이 넓은

시(市)나 마을을 정하는 방법

마을은 특별하게 법률로 정해져 있지 않은 가장 작은 지역 단위입니다. 도시나 시가 되기 위해서는 몇 가지인가 조건이 있는데 인구나 역, 경찰서 등의 필요 시설, 시가지의 비율 등이 있습니다. 규모의 순서는 도(都), 도(道), 부(府), 현(県), 시, 군, 마을 등이 있습니다.

신주쿠. 거주했을 때의 느낌이나 거리에 대한 인상이 다를 겁니다. 그것이 캐릭터 설정으로도 이어집니다.

시부야와 신주쿠는 가까운 편이어서 상상하기 어렵다면, 도쿄와 오사카라고 생각해봅시다. 두 사람을 똑같이 '도시에서 온 사람'이라고 묶진 않을 겁니다. '도쿄 사람', '오사카 사람'이라는 각각의 설정을 만들 필요가 있습니다. 캐릭터의 개성도 달라질 겁니다.

이처럼 주인공이 외부에 나가지 않아도, 외부에서 온 사람은 얼마든지 많습니다. 그리고 그 외부인에게서 영향을 받을 수 있죠. 따라서 그 마을뿐만 아니라 외부의 일에도 생각해두는 것이 좋습니다.

chapter

10
경제

돈이 없는 세상을 만들긴 매우 어렵습니다.
생활에 필수인 돈. 캐릭터의 지갑 사정은 어떨까요?

사람의 생활과 떼려야 뗄 수 없는 것이 있습니다. 바로 돈입니다. 이것이 없으면 아무것도 살 수 없어 생존할 수 없습니다. 화폐가 생기기 전에는 물물교환이었지만, 어느 쪽이든 등가교환이 필수였습니다. 화폐로 조개껍데기가 사용되기도 했고, 그 때문에 돈이나 경제 관련한 한자에는 '조개 패(貝)'를 자주 넣었습니다.

경제에 관해 알고 싶다면, 서점이나 도서관에 가면 초보자도 알기 쉬운 해설집이나 어려운 전문 서적을 얼마든지 손에 넣을 수 있습니다. 그만큼 복잡한 것이기도 해서 여기서 설명하기는 어렵습니다. 또한 세계를 만들 때 자세하게 결정하려고 하면 상당히 고생하게 됩니다. 좌절하면 본전도 못 찾게 되므로 대략적인 포인트만 잡아둡시다.

자본주의나 공산주의나 사회 구조에 따라 변하는 일하는 방법

대부분의 나라가 자본주의를 채택하고 있습니다. 자본주의에서는 자기 돈을 원하는 대로 사용할 수 있지만, 빚을 졌을 때의 책임도 자신이 지는 것을 기본으로 합니다. 어린 시절부터 모아 온 용돈, 일해서 받은 월급을 누구나 자유롭게 사용합니다. 또, 사용하는 방법도 사람마다 달라서 빈부의 차이가 생길 수밖에 없습니다.

반면에 공산주의는 '함께 만들고 함께 나눈다.'라는 이념을 따릅니다. 회사를 세울 때 사장 같은 상사를 세우지 않아 모두 평등하고, 거기서 나온 매출도 평등하게 나눕니다. 빈부 격차가 생기지 않고, 누군가에게 명령받는 일도 없으니 즐겁게 노동할 수 있습니다.

아시다시피, 공산주의 구조에는 큰 결함이 있습니다. 누군가 일하지 않는다면 어떻게 될까요? 그 사람에게도 급여는 지급되므로 결국 평등하지 못합니다. 더군다나 책임자도 없어서 생산되는 제품에 책임이라는 담보가 사라집니다. 이래서야 대충 만든 조악한 상품이 만들어질 수밖에 없습니다. 결국, 매출도 내려가게 되겠죠. 경제활동이 이루어지지 않습니다.

여기서 사회주의가 탄생합니다. 경제를 어떻게 운영할 것인지를 정하고, 국민에게 필요한 것을 국가가 배포하는 겁니다. 국민들은 그 계획에 따라 노동을 하죠. 과거의 중국이

이 제도를 채택했습니다.

여러분이 만드는 세상은 어떤 체제를 따를 것인지 정해둡시다. 돈을 사용하는 방법이나 일하는 방법이 달라집니다.

세금은 납부해야 하는가

국가는 어떻게 운영되는 걸까요? 국가 예산을 살펴보면, 다양한 일에 돈이 필요하다는 것을 알 수 있습니다. 인프라 정비나 사회보장, 교육, 방위 등 다방면에 걸칩니다. 한두 푼이 아닌 그 돈이 어디에서 나오는 걸까요? 세금과 국채입니다.

국채는 국가가 발행하는 채권(돈을 빌리는 수단)을 말하고, 세금은 국민이 나라나 자치단체에 내는 수수료 같은 것입니다. 세금을 내야만 국가나 단체가 제공하는 공공 서비스를 받을 수 있는 겁니다.

중세 시대에도 세금 부담은 당연히 있었고, 세금을 내는 것이 힘들어

서 제대로 된 생활을 하지 못하는 사람도 많았습니다. 근세이긴 하지만, 마리 앙투아네트가 살던 18세기의 프랑스를 조사해보면 세금 부담을 이해하기 쉬울 겁니다.

스토리 중 세금납부 장면이 그려지는 일은 별로 없겠지만, 시대와 장소에 따라서는 과한 세금을 부과하고 있었다는 사실을 기억해둡시다. 일본에서는 세금으로 쌀을 납부하던 시대가 있었는데 흉년이 들었다고 납부할 세금을 줄여주진 않았습니다. 그래서 굶어 죽는 사람이 속출했다고 합니다.

캐릭터가 어떻게 돈을 벌게 할 것인가?

어려운 이야기는 이 정도로 해두고, 캐릭터로 눈을 돌려봅시다. 그들도 기본적으로는 사회 안에서 살아가는 것이기 때문에 돈을 내서 필요한 것을 얻었을 겁니다. 이야기뿐만 아니라, 물건을 구매하거나 식사/숙박

장면을 묘사하는 일도 많을 겁니다.

그렇다면 당신의 캐릭터는 그 돈을 어떻게 벌고 있을까요?

무대가 현대라면 이해하기 쉽습니다. 용돈을 받거나 일을 해서 수입을 만들면 됩니다. 그런데 판타지 세계라면 어떨까요?

마법사를 예로 들어봅시다. 누군가를 섬겨서 수입을 얻고 있다면 좋겠지만, 깊은 숲속에 사는 마녀라는 설정일 수도 있습니다. 자급자족으로 생활하는 사회와 동떨어진 환경 설정도 좋지만, 이왕이면 수입원도 생각해두면 좋습니다. 마녀답게 약을 만들어 가까운 마을 사람에게 팔고 있다는 설정이라면…, 약효가 좋다는 소문에 상인이 구매하러 오는 일도 생길지 모릅니다.

드래곤을 퇴치해서 보상을 받는 캐릭터 설정은 어때요? 우선 개인으로 행동하는지 단체에 소속되어 있는지를 생각해야 합니다. 개인이라면 보수는 독점하겠지만, 일거리를 찾기 어려울 가능성이 큽니다. 길드 같은 조직에 들어가면 어느 정도 수

수료는 내겠지만 수입은 안정적일 겁니다. 이렇게 몬스터를 처치하면 받을 수 있는 그 보수가 어디에서 나오는지도 생각합시다.

가죽이나 고기를 파는 걸까요? 개인이나 국가가 드래곤 퇴치 의뢰를 한 걸까요? 스토리에 직접 관련이 없을 수도 있지만, 돈의 흐름을 따져 보는 것이 좋습니다.

chapter
11
기술의 발전

발명과 발견이 생활을 풍요롭고 즐겁게 만듭니다.
이는 현재진행형으로 계속되고 있죠.

보통 판타지 세상을 만든다고 하면, 가장 신중하게 설정하고 싶은 부분이 '기술'일 겁니다. 기술이 어떻게 어디까지 발전했느냐에 따라 사람들의 생활이 크게 달라집니다. 캐릭터들의 생각이나 무심코 하는 행동이 현대와는 달라집니다.

생활을 지탱하는 인프라를 생각하자!

인프라스트럭처(infrastructure). 이를 인프라라고 줄여서 부릅니다. 하부구조라는 뜻이며 '생활의 기초를 지탱하는 것'이라는 의미로 쓰입니다. 생활의 기초라는 문자 그대로 이

것이 없으면 주민의 생활에 큰 지장을 주는 것을 말하죠. 전기, 수도, 가스 등의 에너지부터 도로나 철도 등의 교통수단, 전파탑 등의 통신 시설, 학교나 병원, 공원도 포함됩니다.

모두 우리에게 없어서는 안 되는 것입니다. 실제로 재해가 발생해 어느 한 가지라도 부족해지면 시민의 생활이 무너집니다. 공원은 좀 의아하신가요? 재해를 대비해 비축 창고를 설치한 방재 공원도 있습니다.

전기를 사용할 수 있는가?

생활의 기초라고 말하긴 했지만, 중세 유럽에 모든 인프라가 갖춰져 있

을 리 없겠죠. 가스는 손이 많이 가긴 해도 불을 피울 수 있으니 문제는 없을 것이지만, 전기는 발견되지 않았습니다. 따라서 우리가 당연하게 사용하고 있는 가전

제품을 일절 사용할 수 없으며, 밤이 되면 아주 깜깜해서 행동이 크게 제한됩니다. 불을 사용할 수 있어서 가로등이 전혀 없는 것은 아니겠지만, 현대만큼 많이 사용할 수 없습니다. 따라서 기본적으로 밤에는 외출하지 않게 되겠죠.

전기가 없다는 것만으로도 우리 생활과 큰 차이가 있다는 것을 의식해야 합니다. 할 수 없는 것, 불편한 것이 많이 달라지죠. 하지만 캐릭터들에게는 당연한 일입니다.

참고로 전기의 역사를 가볍게 살펴보면, 인식 자체는 고대 그리스 시대부터라고 알려져 있고, 그것을 과학적인 눈으로 볼 수 있게 된 것은 17세기에 들어서입니다. 실용적인 발전기가 만들어진 것은 1870년경의 일입니다.

수도는 연결되어 있는가?

수도는 어떨까요? 수도꼭지를 틀어 나오는 물을 마셔도 건강에 지장이 없는 나라는 매우 제대로 된 처리 시설이 있는 것이며 아주 엄청난 일입니다. 현대에도 나라에 따라 마시는 물은 식수용을 구매해서 마시라고들 합니다.

하천의 물을 그대로 마실 수 없는 것은 근대의 환경 파괴의 영향이 크므로 중세 시대라면 하천의 물을 그대로 마셔도 괜찮았을 겁니다. 중요한 것은 집 등의 시설물에 물을 어떻게 끌어갈 것인가? 입니다. 물가 근처에 산다면 좋겠지만, 모두가 그런 좋은 자리에 위치할 수 없으니 정기적으로 물을 조달하러 가거나, 이를 이용한 상인이 있을 수 있습니다. 물이 매우 중요한 자원이 되는 것입니다.

어떤 통신 기술을 사용하는가?

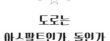

도로는 아스팔트인가, 돌인가

현대에 없어선 안 되는 물품이 바로 스마트폰입니다. 원래는 전화를 위한 것이었지만, 이제는 인터넷 접속 이용의 비중이 높습니다. 전화기는 어떨까요? 이것 또한 1876년에 미국의 그레이엄 벨이 발명했습니다. 역시 중세 시대에는 존재하지 않았죠.

그렇다면 중세 사람들은 어떻게 연락을 주고받았을까요? 말로 전하거나 편지 정도로 좁혀질 겁니다. 봉화라는 수단도 있겠네요.

기술적인 것은 둘째치고 연락 수단이 부족하다는 것은 상당히 골치 아픈 일입니다. 조금만 떨어져 있어도 상대방의 동향을 알 수 없게 되고 자기의 상황도 전할 수 없습니다. 모험물이라면 일행과 한번 흩어지고 나면 합류가 힘들어지는 것이죠. 미리 '흩어지면 ○○에서 만나자' 같은 약속을 정해두어도 좋겠습니다.

도보든 자전거든 자동차든, 이동에 특별한 지장이 없는 이유는 도로 덕분입니다. 길에 아스팔트를 깔아 평평하며 돌 등의 차폐물도 없도록 사람이 포장 및 정비한 결과입니다.

중세 시대에도 아스팔트는 아니어도 어떻게든 포장이 되어있었을 겁니다. 포장이 되어있지 않다면, 도보는 둘째치고 짐을 옮기는 마차도 이동하기 어려웠을 테니까요. 다른 관점에서 보면 도로포장 덕분에 사람들의 교류가 이루어진다고도 생각할 수 있습니다.

이러한 도로포장은 기본적으로 국가가 합니다. 포장에 엄청난 돈과 인력이 들기 때문에 개인이 정비하기는 좀처럼 쉽지 않은 일입니다. 자금이 윤택한 나라라면 나라의 모든 도

로를 정비해 주겠지만, 대부분은 중심 도시만 우선시되고 시골은 덜컹거리는 흙길 그대로일 가능성이 큽니다. 어찌 되었든 걸어서라도 통행할 수 있다면 다행이지만, 짐승이 주둔하고 있다거나 암석 등으로 길이 막혀 돌아가야만 하는 수준일 수도

있습니다. 이야기 속 모험가들이 평소에 걸어 다니는 길도 원래부터 존재했던 것이 아니라는 걸 기억해두셨으면 합니다.

교통수단은 도보? 캐릭터의 체력은?

도쿄에서 오사카를 가야 한다면, 어떤 교통수단이 있을까요? 신칸센이나 비행기 정도를 이용하게 될 겁니다. 반나절에서 하루를 소모한다면 자동차/버스/오토바이를 이용할 수도 있겠죠. 상당히 돌아가겠지만, 원한다면 배를 탄다는 선택지도 있습니다. 이처럼 현대에는 예산이나 소

요 시간, 자신의 취향에 맞는 수단을 이용하면 됩니다.

그러나 중세 시대의 주요 이동 수단은 도보입니다. 돈을 내고 마차를 타기도 하지만, 현대의 버스처럼 쉽게 탈 수 있는 요금은 아닌 듯합니다. 게다가 도로포장에도 기술적인 한계가 있어서 장시간 마차를 타면 몸이 아프다거나 해서 모든 곳을 이동할 순 없습니다.

어떻게든 도보로도 이동을 하게 되는데, 유의해야 할 것은 소요 시간과 캐릭터들의 체력입니다. 이웃 마을 정도라면 몰라도, 모험물처럼 장거리 이동이 기본인 이야기에서 이런 고려 없이 계속 진행되면 매우 부자연스러운(말이 안 되는) 일이 되고 맙니다.

반대로 가까운 미래나 SF 세계의 교통수단으로 눈을 돌려봅시다. 개발이 한창인 자율주행 자동차. 긴급시의 브레이크 등 몇 가지 기능은 이미 사용되고 있고, 완전한 자율주행 자동차도 그렇게 먼 미래의 일은 아

닌 듯합니다. 미래의 탈 것이라면 아무래도 하늘을 나는 자동차가 떠오릅니다. 하늘에도 길이 생겨서 자동차나 오토바이가 하늘을 나는 광경을 떠올린 적 있으시죠? 우리가 죽기 전에는 볼 수 있을지도 모릅니다.

과거든 미래든, 그 시점의 기술 발전이나 세계관을 무너트리지 않는 교통수단이라면 자신이 창작해도 좋습니다.

의료는 발전하고 있는가?

전국시대 일본인의 평균 수명은 약 50세라고 알려져 있습니다. 요즘이라면 아직 한창 일할 나이죠. 당시에는 지금처럼 영양 섭취가 쉽지 않고, 의료가 발달하지 않았기 때문이라고 합니다.

결핵. 옛날에는 이렇다 할 치료법이

없는 불치병이었습니다.

이처럼 치료법을 몰랐거나 약이 개발되지 않은 병으로 인해서 오래 살 수가 없었습니다. 상처가 나도 소독약이 없거나 청결한 장소 확보가 어려워서 감염증을 일으켜 사망하기도 하고, 하다못해 감기에 걸려서 쉽게 사망하는 일도 있었습니다.

여러분이 창조할 세계에서는 병에 걸리거나 상처를 입으면 어떻게 되는지를 생각해둡시다. 병원과 의사는 있는지, 일반인이 이용할 수 있는 정도의 요금인지, 민간요법인지 등도 말이죠. 마왕을 쓰러트리려는 여행이라면, 상처가 없을 수 없으니까 치료를 어떻게 할 것인지 정해두어야 합니다.

과학의 발전에 따라 가치관도 변한다!

인간은 긴 역사에 걸쳐 이 세상의 불가사의를 밝혀 왔습니다. 지구는 둥

글고 자전하고 있으며 중력이 존재합니다. 비는 왜 내릴까요? 구름은 떨어지지 않는 걸까요? 인간 외의 동물들은 어떤 행동 이론을 가지고 있을까요? 신의 소행이라고 생각했던 불가사의한 일도 시대가 지나면서 이론으로 설명할 수 있게 되었습니다. 이러한 발견이나 개발, 발전들이 지금 우리의 삶을 지탱하고 있다고 해도 과언이 아닙니다.

이러한 과학이 당신이 만든 세계에서는 어디까지 발달해 있을까요? 기본적인 것은 인프라가 어떠한지를 생각해 두면 좋겠지만, 캐릭터들에게 지구나 구름, 우주가 어떤 존재인지를 정의 내려도 좋습니다. 그에 따라 캐릭터들의 생각이나 가치관이 달라질 것입니다.

교통수단에 관하여

다양한 교통수단은 언제 만들어졌을까요? 몇 가지를 예로 들어보겠습니다.

● 증기기관차

옛날 교통수단으로 가장 먼저 떠올리는 증기기관차는 1800년대에 만들어졌습니다. 일본에 전해져 온 것은 1872년(메이지 5년)의 일입니다.

● 자동차

가솔린 엔진의 발명으로 인해 보급된 탈것입니다. 이 외에는 증기자동차가 만들어졌습니다. 전기자동차도 19세기 중반경에 등장했습니다(주행거리가 짧아서 실용성은 없었습니다).

● 비행기

인간이 하늘을 나는 데 처음으로 성공한 것은 프랑스의 몽골피에 형제가 열기구를 띄운 1783년의 일입니다. 1903년에는 미국의 라이트 형제가 동력 비행에 성공했습니다. 그 후 비행기는 다양한 용도로 발달해 왔는데, 전쟁에 필요했기 때문입니다.

● 자전거

1863년 프랑스인에 의해 만들어졌고 그 후 파리의 만국박람회에 출품된 것이 자전거의 첫 등장입니다. 그전에도 실용성이 모자란 자전거가 만들어졌긴 했습니다.

chapter
12
환상적인 존재

'불가능한 것'이 존재해도 아무런 문제가 없는 세상.
자신만의 신기한 세상을 만들어보세요.

판타지 세계의 묘미는 역시 환상적인 존재입니다. 지금까지 역사나 과학적으로 모순이 없도록 다방면으로 생각해야 한다고 이야기했지만, 여기서는 자유롭게 생각해도 좋습니다. 이 부분의 개성이 이야기의 매력을 좌우할 정도니까요.

세계관에 환상적 존재를 등장시키기로 했다면, 먼저 다양한 환상적 요소들을 생각하게 될 겁니다. 그러한 요소들을 중심으로 모순이 생기지 않도록 다른 항목을 메우는 형식으로 차례차례 결정해보세요.

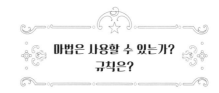

마법은 사용할 수 있는가? 규칙은?

환상의 또 다른 대표, 무엇이든 할 수 있는 마법이 있죠. 불꽃을 만들어도 좋고, 빗자루가 하늘을 날아도 좋고, 회복 마법을 이용해도 좋습니다. 발동 방법도 지팡이를 매개체로 사용해도 되고, 주문을 영창해도 좋습니다. 마법을 물품(부적/책 등)에 담아두고 사용하기도 합니다.

그렇다고 뭐든 마법에 의존해선 안 됩니다. 마법만으로도 이야기에서 발생하는 대부분의 문제를 해결할 수 있을테니 두근두근하고 아슬

아슬한 전개가 발생하지 않습니다. 분위기가 깨지는 것이죠.

그래서 마법을 무한정 사용할 수 없는 어떤 제한이 필요합니다. 무한히 달릴 수 없는 것처럼 마법에도 한계를 두는 겁니다. 게임 용어로 이야기하면 MP(매직포인트)입니다.

'무언가를 얻는다면 무언가 대가를 지불해야 한다.' 마법도 이렇게 생각하세요. 한정된 마력인지, 횟수 제한인지, 혹은 수명을 단축하고 있는지 말이죠. 그리고 마력이나 횟수의 회복과 관련한 규칙을 여러분이 만들어두세요.

초능력의 존재

기본적으로 마법과 유사합니다. 차이라면 매개체인 아이템이나 영창 없이, 생각만으로도 힘이 작용하는 연출이 많다는 점? 또, 마법과 달리 무에서 유를 만들어내기보다는 원래부터 있던 것을 움직이거나 파괴하는, 존재하는 것에 간섭하는 힘이라는 이미지가 강합니다. 초능력도 무한정 사용하지 못하도록 어느 정도 제한이나 대가를 정해둡시다.

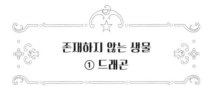

존재하지 않는 생물
① 드래곤

우리 세상에도 소문이 무성한 미확인 존재가 있습니다. 네스호의 괴물인 네시, 일본의 환상 속 동물인 쓰치노코(일본의 환상 동물. 몸통이 굵은 뱀처럼 생겼다).

진짜 존재하는지의 여부는 제쳐두고, 이러한 가상의 생물을 창조하는 것도 창작자의 큰 즐거움입니다. 상상 동물 중 대표적인 것은 역시 드래곤. 주인공의 적으로 등장할 때는 모든 것을 파괴하는 두려운 생물이라는 파격적인 존재감을 드러내고, 반대로 아군으로 등장할 때는 탈것이 되어 주인공과 함께 하늘을 누비는 장면이 떠오릅니다.

적이건 아군이건 드래곤은 존재만
으로 인간의 생활에 큰 영향을 미칩
니다. 적이라면 어떻게든 대응대책
을 강구해야겠죠. '드래곤'이라는 존
재가 세계를 어떻게 변화시키는지
생각해야 합니다.

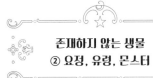

존재하지 않는 생물
② 요정, 유령, 몬스터

눈에 보이지 않는 친구라는 이미지
가 있는 요정. 성질은 다양하지만,
기본적으로 장난과 변덕이 심해서
인간이 감당하기 힘든 캐릭터성을
띤 경우가 많습니다. 요즘의 요정을
떠올리면 작고 아름답고 사랑스러
운 모습이 일반적인데, 이는 스토리
의 영향입니다. 근세까지는 두려운
존재였다고 합니다.

마찬가지로 초현실적인 존재인 유
령이 있습니다. 나라마다 생김새에
차이가 있는데, 일본에서는 하얀 기
모노에 다리가 없는 여자 유령이 대
중적입니다. 무서운 존재라는 의미

에서 유령과 같이 분류
되기 쉬운 요괴(몬스
터)도 잊어서는 안 됩
니다. 일본에선 오니, 서양에선 고블
린이 유명하죠.

이들도 아군 혹은 적군이 될 수 있
습니다. 요정과 계약해서 마법을 사
용할 수 있다는 설정은 자주 보셨
죠? 어느 쪽이든, 그들의 가치관이
인간과는 다르다는 것을 알아야만
합니다. 인간과는 상식이나 생사관
이 달라서 말이 안 되는 언동을 해
도 이상하지 않은 존재들입니다.

판타지 세계에 얼마나
녹아들어 있느냐가 중요

여기서 소개한 것 외에도 환상적인
존재는 얼마든지 있습니다. 어떤 요
소를 넣더라도 중요한 것은 딱 하나
입니다. '세계 전체에 얼마나 알려져
있고, 얼마나 녹아들어 있는가?'입
니다.

누구나 마법을 쓸 수 있는 세상이

라면 마법의 존재를 바탕으로 과학이 발달하게 됩니다. 반대로 한정된 사람만이 사용할 수 있다면, 마법사는 귀중한 존재가 됩니다. 숭상받을지, 이용당할지, 그 힘을 두려워한 자들에게 박해받을 것인지, 이러한 상황들을 생각해보세요. 소홀히 하면 세계가 흔들리게 되므로 주의합시다.

chapter

13
판타지의 종류

판타지의 종류는 다양합니다.
여러분이 만들고 싶은 것은 어떤 판타지 세상인가요?

하이 판타지와
로우 판타지

판타지라고 하면 여러분은 지구가 아닌 행성, 숲과 초원이 펼쳐진 세계, 유럽풍 성, 광야에 가득한 괴물, 사람들은 검과 마법으로 싸우는… 대부분 이런 이미지를 떠올릴 것 같습니다. 지금 예로 든 것은 일반적이랄 수 있는 '검과 마법의 판타지'라 부르는 패턴이며, 이 외에도 다양한 판타지 세상이 존재합니다.

대략적으로 '하이 판타지'와 '로우 판타지'로 나눌 수 있는데, 여기서 말하는 하이와 로우는 고상한 것과 저속한 것, 세세한 것과 대략적인 것

이라는 의미가 아닙니다. 일반적으로 이세계(지구여도 현재와 너무 다르면 가상 세계로 취급합니다)를 무대로 하는 것을 하이 판타지라고 하고, 현실 세계에 판타지다운 요소를 섞은 것을 로우 판타지라고 합니다.

따라서 앞에서 언급한 검과 마법의 판타지는 하이 판타지이고, 현대 어느 지역에서 마법사가 괴물과 싸우는 이야기는 로우 판타지입니다.

다만 이 둘로 명확하게 나눌 수 있는 것은 아닙니다. 현대인이 이세계로 넘어가거나 이세계에서 다시 태어나는 경우도 있기 때문입니다. 그저 '다양한 판타지가 존재한다'는 것을 인식하기 위함이라고 생각합시다.

모티브에 따라 분위기도 달라진다?

어떤 시대나 지역을 모티브로 삼는지에 따라서도 분위기가 많이 달라집니다. 주로 사용되는 것은 '중세 유럽풍 판타지'입니다. 중세 유럽을 연상시키는 언어와 풍경, 도구나 사회가 등장하는 것입니다. 그러나 사회의 모습과 기술, 사람들의 생활 등은 근세 유럽에서 도입하는 경우가 많습니다. 글을 쓰는 사람이 상황에 맞게 취사선택하는 것입니다.

다양한 지역과 시대를 모티브로 삼아보세요. 중세나 근세를 더 정확하게 반영하거나, 고대 로마나 근대 유럽을 이세계로 만들거나 해봅시다. 일본이나 중국, 인도나 몽골, 그리고 미국 등 다양한 지역의 각 시대를 모티브로 삼아서 가상의 이세계를 만드는 것도 충분히 가능한 일입니다.

chapter

14
문제

문제는 항상 존재하며 해결됐다가도 다시 발생합니다.
이 또한 세계의 개성이 될 수 있습니다.

세계의 장애가 되는 것

매사에 완벽이란 있을 수 없습니다. 세계도 마찬가지입니다. 무언가 결함이나 문제가 있어서 이상향과는 거리가 멀 겁니다.

여러분이 만들 세계도 크고 작은 다양한 문제가 있어야 합니다. 그 문제들은 캐릭터가 살아가는 마을 수준일 수도 있고, 나라 전체에 영향을 미치는 수준일 수도 있습니다. '문제' 자체를 스토리의 중심으로 삼을 수도 있죠. 전쟁 중이라면 그것이 나라의 가장 큰 문제일 것이고, 환경오염이 심해서 생활할 지반이 없을 수도 있습니다. 이런 문제를 해결하는 이야기를 만들어도 좋겠죠.

캐릭터 수변을 둘러보면 농사가 흉년이거나 권력자들이 대립하거나 짐승에게 피해를 입는 등 작은 문제도 얼마든지 있습니다. 서브 에피소드로 적합합니다. 스토리와 직접적인 관련이 없더라도 캐릭터나 그 세계 사람들에게 어떤 영향이 생길 수도 있습니다.

문제를 새로 만드는 것보다, 그 세계를 운영하는 데 어떤 장애가 있는지를 생각하면 한결 쉬울 겁니다. 국가의 수장이 독재적 인물이며 형편없는 정치를 하고 있을 수도 있고, 토지 특성에 따라 잦은 자연재해가 발생할 수도 있겠죠.

문제의 종류를 생각하자

인간이 살아가는 데 어떤 문제가 발생하는지, 몇 가지만 살펴봅시다.

● 정치

국가의 수장이나 관료가 진행한 정책이 제대로 수행되지 않아 국민이 고통을 받습니다. 노동이나 연금, 의료 등이 주요 문제이며 외교 문제도 자주 거론됩니다.

● 경제

소위 말하는 불황입니다. 일하고 싶어도 일할 수 없고 임금이 적어 생활할 수 없는 상황이 발생합니다. 혹은 세금이 너무 비싼 나라가 있겠고, 그런 시대도 있었습니다.

● 자연재해

지진이나 태풍 등 자연의 힘 앞에서 인간은 무력합니다. 재해가 일어난 후의 부흥의 길도 험난합니다.

chapter

15

주인공을
세계로 뛰어들게 해보자

창조한 세계는 어떤가요?
캐릭터들에게 어떤 세계일까요?

이제까지 세계의 요소에 관해 설명했는데 어떠셨나요? 그 밖에도 법률이나 교육에 관해서는 조금 깊숙이 들어가 결정하면 좋습니다. 교육이라면 '글자를 읽고 쓸 수 있는가?'입니다. 옛날에는 국가가 교육에 힘을 쓰지 않아서 일반 시민이라도 문자를 읽고 쓰지 못하는 일이 있었습니다. 그렇게 되면 유일하다고 할 수 있는 연락 수단인 편지조차 사용할 수 없게 됩니다. 반대로 교육이 잘되어있어서 누구나 뛰어난 능력을 갖추고 있는 세계를 만들어도 재미있겠네요.

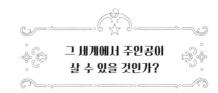

그 세계에서 주인공이
살 수 있을 것인가?

'여러 가지 정하긴 했는데, 괜찮은 건가?'하고 불안함을 느끼실 수도 있습니다. 세계를 구축하는 데 한계는 없지만, 시간이 무한한 것은 아니니 각 항목의 설정이 얼추 끝났다면 일단 스톱합시다. 그리고 그 세계에 캐릭터들을 넣어봅시다. 그 세계에서 막힘없이 살아갈 수 있을지(문제들도 정상적으로 작용하는지) 시뮬레이션해보는 겁니다. 모순이 생기거나 공백 부분이 있을 때 다시 생각해보는 겁니다.

또 이세계 환생물이라는 장르가 있습니다. 현대의 캐릭터가 중세 유럽 등의 세계에서 환생하는 이야기입니다. 그렇게 되면 주인공은 세상에 대해 아는 것이 별로 없는 상태가 되죠. 그렇게 되어도 살아갈 수 있을지, 이런 장르를 선택한다면 생각해 둡시다.

비중이 많은 주조연 캐릭터들은 어떤 형태로든 특별한 힘이나 사정이 있는 경우가 많습니다. 예를 들어 마법을 쓸 수 있다거나 특별한 신분이거나 특별한 아이템을 가진 것처럼 말이죠. 그렇게 되면 그 세계에서의 어려운 일을 그들은 간단히 해결할 수 있습니다. 그러므로 캐릭터 외에 일반 시민(게임에 빗대자면 NPC)도 그 세계에서 어려움 없이 살 수 있는지 시뮬레이션합시다.

지금까지 알아본 설정 요소들을 작품에서 모두 설명하거나 등장시키진 않습니다. 설정 자료집을 만들려는 게 아니기 때문입니다. 그럼에도 요소들을 설정해야만 하는 이유를 느끼셨을 겁니다. 캐릭터들의 언행으로 이어지기 때문입니다.

memo

PART
2

세계관 창작 노트

이제 실제 작품 만들기에 돌입해봅시다.
5개 세계의 패턴을 준비했습니다.

생각하고 있던 이야기와 유사하다면 빨리 써보고,
그렇지 않다면 설명을 읽어가면서
천천히 어떤 세상을 만들지 생각해봅시다.

이세계 판타지 ★ 1 ★

마법, 초능력, 연금술, 드래곤, 엘프. 우리가 사는 세상에는
존재하지 않는 것을 당당하게 등장시킬 수 있는 꿈의 무대.

자신만의 세계를 만드는 대표적인 장르라면, 바로 이세계 판타지가 있습니다. 대표적인 검과 마법의 세계를 시작으로 엘프나 고블린 등의 가상 생물이 등장하는 세계, 지상이 아니라 바닷속에 존재하는 세계 등 종류가 다양합니다.

생각나는 판타지다운 설정을 살리면서 세계를 만들어갑시다.

기반이 되는 나라와 시대

PART 1의 서두에서도 이야기했듯이 제로부터 세계를 만드는 것은 상당히 힘든 작업입니다. 그래서 기반이 되는 나라와 시대를 결정하고, 요소를 추가하는 것이 좋습니다. 일반적으로는 중세 유럽이지만, 그 외에도 얼마든지 좋습니다. 게다가 유럽이라고 해도 나라는 여러 곳이고 풍토나 문화도 각각 다릅니다.

고집하는 포인트가 있다면 '유럽 중에서도 이 나라를 모델로 삼겠어'라고 결정해도 좋습니다. 물론 나라를 섞어도 괜찮습니다. 설정할 때 모순에만 주의한다면 더 독창적인 세계를 만들 수 있습니다.

✦ 판타지 요소 ✦

세계를 만들 때 가장 즐겁고 두근거리는 공정은 판타지 요소를 설정할 때일 겁니다. 기반이 되는 나라와 시대를 정하기 전에 먼저 이러한 요소를 정리하면 좋습니다. 그편이 설정한 판타지 요소에 걸맞은 토대를 둘 수 있습니다. 일단 제한을 두지 말고 생각나는 것만 적어봅시다. 그 후에 정리해서 설정을 보완하거나 변화를 주면 됩니다.

✦ 국가명 ✦

모처럼 오리지널 세계를 만드는 것이니 이름을 붙이고 싶을 겁니다. 이 단락의 제목은 국가명이지만, 대륙이나 세계 전체의 이름도 좋습니다. 떠오르지 않는다면 마지막에 생각해봅시다.

✦ 국가의 넓이, 인구수 ✦

국가의 넓이는 '○○시와 비슷한 정도'라고 정해두면 이미지를 떠올리기 쉽습니다.

또 32페이지에서도 설명했듯이 인구수에 따라 국가의 발전 상태가 달라집니다. 구체적인 숫자는 제시하지 않아도 '○○은 가능한 인구'처럼 기준은 정해둡시다.

p.139

기반이 되는 나라	
기반이 되는 시대	

어떤 판타지 요소가 있는가?

국가명	
국가의 넓이	
인구수	

이세계 판타지 ✦ 2 ✦

이제부터 정할 항목은 특히나 기존 국가에서 힌트를 얻는 게 좋습니다.
다만 판타지 요소가 들어감으로써 생기는 영향을 확실히 고려합시다.

✦✦ 지형, 기후 ✦✦

지형에서 먼저 생각할 것은 산과 바다의 유무입니다. 산 가까이에서 생활하는 것과 바다 가까이에서 생활하는 것은 아주 다릅니다. 현대에서도 마찬가지입니다. 중세 시대를 기반으로 한다면 기술이 현대만큼 발전하지 않으니 지금보다 지형으로부터 더 많은 영향을 받을 겁니다.

다음으로 나라의 모양은 어떨까요? 세로나 가로로 긴 모양일까요? 그렇다면 같은 나라라도 지역에 따라서 기후가 크게 다를 것입니다.

이렇게 지형과 기후 관련한 것도 어떤 나라를 만들고 싶은지를 먼저 생각한 뒤 모델이 되는 나라를 찾아봅시다. '바다에 둘러싸인 나라로 설정하고 싶어!'라고 한다면 섬나라를 모델로 삼아볼 수 있겠죠?

✦✦ 종교 · 신앙 ✦✦

여러분이 만들 세계에 신은 있나요? 확실하게 '없다'라고 설정하는 건 드문 일입니다(없으면 없는 대로, 그 특징을 확실히 드러낼 수 있다면 아주 좋습니다). 신이 있다면, 사람들은 얼마나 신과 연관성을 가지려고 할까요?

나라 전체가 특정 종교를 믿는 경우를 생각해봅시다. 태어났을 때부터 그 종교의 가르침을 따르는 생활을 하며 도처에 종교 건물이 있습니다. 이런 상황에서 가르침(종교 방침)을 벗어나면 벌을 받거나 사람들에게 경멸 어린 시선을 받을 겁니다.

차라리 종교는 없는 게 낫겠다고 느껴질 수 있지만, 그 세계의 사람들은 애초에 그런 생각을 하지 않을 겁니다. 종교가 있는 삶이 당연하고, 신의 가르침을 따라야 구원을 받는다고 생각하기 때문이죠. 삶이 힘든 세계(기아나 기후 조건이 가혹한 곳)라면 특히 신앙을 갖는 사람이 많은데, 의지할 곳이 필요하기 때문입니다.

종교를 이용해 국가를 통치한다는 패턴도 있습니다. 이런 것들을 발판 삼아서 여러분이 만들 세계에 종교가 있는지, 있다면 어떤 종교이고 신앙의 형태는 어떤지를 생각해봅시다.

국민의 계급

계급에 따라 수입이나 권리에 차이가 발생합니다. 계급을 만든다면 실제 명칭이나 조건 등을 응용하면 좋습니다. 물론 오리지널을 만들어도 상관없습니다.

법률로 뚜렷한 계급이 정해져 있지 않아도 직업이나 수입에 의해서 사람들의 사회적 입지가 달라질 것입니다.

정치

정치라는 말이 어렵게 들리겠지만, '누가 어떻게 나라를 운영하고 있는가?'라고 생각합시다. 왕정이라면 왕이 방침을 정하고 재상이 보좌하는 형태이지 않을까요? 국민의 대표, 즉 정치가가 결정하는 것이라면 그 선출 방법도 정할 필요가 있습니다. 다음 항에서 서술하는 타국과의 관계도 포함해서 어떠한 입장에서 정치할지 어느 정도 생각해둡시다.

p.140

| 지형 | |
| 기후 | |

| 종교 · 신앙 | |

| 국민의 계급 | |
| 정치 | |

타국 · 다른 지역과의 관계	
이웃 나라	
동맹	
적대	
교류	
그 외	

이세계 판타지 ★ 3 ★

현대의 국가도 타국과 다양한 관계를 구축하고 있습니다. 찾아보면 의외의 나라와 우호적인 관계를 유지하는 지역도 있습니다. 여러분의 나라는 어떤지 알아봐도 좋겠습니다.

우선, 우호도와 상관없이 관계가 깊은 이웃 나라에 관해 생각해봅시다. 호의적인지 적대하고 있는지를 말이죠. 적대하고 있다면 원인은 어디에 있을까요?

그 외에도 동맹을 맺고 있거나 무언가 교류가 있는 나라를 설정합시다. 자국에 없는 것을 타국에서 들여오거나 반대로 타국으로 수출해 수입을 얻을 수도 있습니다. 판타지 요소가 자국의 독자적인 것이라면 우위에 설 수도 있겠지요.

이 항목은 최대한 자세하게 나누었습니다. 미리 정해두면 집필할 때 묘사에 크게 도움이 됩니다.

중세 시대에는 전기가 존재하지 않습니다. 하지만 판타지 요소에 따라 대체 에너지가 있을 수도 있습니다. 수도나 가스는 얼마나 정비 되어야 일반 시민이 사용하기 좋을지를 생각해봅시다.

교통수단과 교통로는 세트로 생각하면 쉽습니다. 어떤 탈것이 있는지를 정했다면 그에 필요한 도로도 수반됩니다. 도로 정비를 위한 기술이나 인력도 상상할 수 있게 될 것입니다. 이어서 건축 기술에 관해서도 검토하기 쉬워집니다. 기술은 하나를 정하면 줄줄이 다른 항목도 정해짐니다. 다만, 무리하게 기술을 발전시키려 하면 파탄이 납니다. 기반으로 삼은 나라나 시대와 너무 어긋날 수 있으니 신중하게 생각합시다.

기계 기술과 과학이 거의 발달하지 않았다면, 의료도 이른바 민간요법이나 약초를 사용한 치료 정도밖에 선택지가 없을 것입니다. 기술이 발전한 경우에는 어떤 기계가 있을까요? 독창적인 기계를 등장시켜도 재밌겠습니다.

지형이나 기후를 떠올리면서 주식을 생각해봅시다. 쌀 혹은 밀을 수확할 수 있는지, 전혀 다른 음식을 먹는지 말이죠. 유럽이라면 역시 빵이 주식이라는 이미지가 강합니다.

주식과 함께 자주 먹을 수 있는 것도 생각해봅시다. 바다로 둘러싸여 있다면 생선이 많을 것이고 산이라면 산나물이나 사슴, 멧돼지 같은 동물의 고기를 확보할 수 있을 겁니다.

나머지는 농업에 적합한 토지인가

입니다. 기후에 따라 농사를 짓기 쉬운 작물이 다르고 때에 따라서는 아무것도 경작할 수 없는 토지도 있습니다. 음식이 부족하기 쉽다는 설정을 하고 싶다면 그러한 가혹한 환경을 설정하면 됩니다.

재료가 정해졌으면 조리법과 함께 어떤 요리를 먹는지 생각해봅시다. 조미료와 보존 방법에 관해서도 생각해야 합니다. 또 빈부격차에 따라 먹는 것도 다를 것입니다. 우선은 등장시킬 캐릭터가 먹는 음식을 결정해두면 OK입니다.

memo

기술	
전기	
수도	
가스	
교통수단	
교통로의 정비	
건축	
기계 기술	
과학	
의료	

음식	
수확할 수 있는 작물	
조리법	

언어	
문해율	
교육 제도	

언어

가장 좋은 건 기반을 둔 나라의 언어를 따르는 겁니다. 중세 유럽이 기반이라면 일본어를 할 리가 없으니까요. 어차피 집필은 일본어로 하지 않냐고요? 그런 말이 아닙니다. 캐릭터 대사에 실생활 일본어를 그대로 사용할 수 없다는 겁니다. 예를 들면 일본식 영어가 있죠.

중세 유럽 사람이 "슈퍼마켓에 다녀올게."라고 말한다면 위화감이 느껴집니다. 애초에 중세 시대에 그러한 종합 상점은 없으니까요.

하지만 의외로 일본식 영어가 많아서(소프트 아이스크림 등) 너무 배제하면 표현의 폭이 너무 좁아집니다. 큰 위화감이 없는 단어는 사용하는 것도 괜찮습니다.

문해율, 교육 제도

이 두 항목은 세트로 생각합시다. 당연하게도 교육 제도가 갖추어져 있으면 저절로 문해율이 올라갈 겁니다.

그런데 옛 시대라면 어린이도 일을 했기 때문에 공부할 시간이 없을 수 있습니다. 말은 할 수 있어도 글자를 읽고 쓰지 못한다거나 내용을 이해하지 못하는 어른이 대부분일 수 있다는 말입니다. 제도는 있지만, 교육은 고귀한 신분을 가진 사람의 권리이며 일반 사람에겐 사치스러운 일이라는 시대가 있었으니까요.

일단은 국민의 어느 정도 비율이 글자를 읽고 쓸 수 있는지 결정합시다. 모두가 문맹이라면 어떻게 될까요? 장부를 쓰냐 마냐가 아니라 애초에 장부라는 개념이 없을지도 모릅니다. 교육제도가 갖추어져 있다고 한다면 그것이 일대다의 학교인지 일대일의 스승인지 등의 설정도 합시다.

경제

세계가 국가의 형태를 띠고 있다면 세금이 분명 존재해야 합니다. 일반 시민은 어떤 세금을 내고 있을까요? 돈일 수도 있지만, 쌀 등으로도 세금을 냈습니다. 대체로 세금이 몹시 과해서 생활이 편하지 않은 모습입니다. 나머지는 자본주의인지 사회주의인지도 검토합시다.

왕이 국민 한 명 한 명에게 정해진 금액을 건네주고 사용할 용도까지 지정하는 그런 나라가 있을지도 모릅니다.

농업, 주된 일자리

국가에서 성행하는 산업과 사업이 무엇인지 생각해서 수입과 수출상품을 생각해보면 좋습니다. 기후의 장점을 살린 농업, 철을 다루는 뛰어난 장인이 많다면 무기의 생산, 마법사들의 나라라면 마법을 이용한 장사를 만들어 보아도 좋겠습니다.

일자리는 우선 국가산업에 관련된 일이 있을 겁니다. 농업이라면 농작물을 재배하는 사람, 그것을 어딘가에 파는 사람도 필요합니다. 또 캐릭터를 만들었다면 그들이 어떤 일을 하고 있는지도 설정합시다.

memo

경제	
산업	
주요 일자리	

문화	
풍습	
국민성	

나라의 역사	

이세계 판타지 ★ 5 ★

문화

일본인과 외국인을 비교하면 몇 가지 차이점을 떠올릴 수 있습니다. 손재주가 좋다거나, 예의를 중시한다거나 하는 것 말입니다. 물론 좋은 점뿐만 아니라 나쁜 점도 있죠. 이러한 것들을 국민성이라고 합니다.

국민성은 지역이나 날씨에 따라 좌우되기도 합니다. 온화한 기후에 사는 사람들은 온후한 인품이고, 반대로 한랭지에 사는 사람들은 약간 딱딱한 이미지가 있습니다. 후자는 살아가는 환경이 척박하기 때문입니다. 느긋하게 살 수가 없죠. 따라서 국가 단위가 아닌 지역에 따라 인품이 달라지기도 합니다.

설정할 때는 '이 나라는 이런 나라니까 ○○한 성격의 사람이 많겠지.'

하고 생각하면 됩니다. 물론 모든 국민이 그런 것은 아니지만, 대체적인 방향성이라고 정해두면 나라의 특색이 됩니다. 풍습도 마찬가지이며 조금 신기한 규칙이나 습관이 있으면 개성이 됩니다.

국가의 역사

국가가 생기기까지는 수많은 사건이 거듭됩니다. 그것이 역사입니다. 작은 촌락이 뭉쳐서 국가가 되면, 수장은 누가 될 것인지로 옥신각신할 수도 있습니다. 어떤 집단이 흡수하듯이 다른 집단을 꺾고 자기 백성으로 삼았다면 노예제도가 성립될 수도 있죠.

평화적으로 동맹을 맺어 확대한 나라도 있을 겁니다. 현재 상황의 정치나 계급제도를 근거로 '이 나라는 이런 식으로 탄생했다.'라고 대략적이어도 상관없으니 국가 성립의 역사를 창조해봅시다. 이 역사에 의해 생긴 풍습이나 국민성도 있을 것이니 함께 생각해보면 좋겠습니다.

특색

지금까지 써 온 항목에 국가의 특징이 될만한 사항이 있을 겁니다. 정리하는 느낌으로 다시 써봅시다.

이 특색이 무대를 묘사할 때 큰 무기가 될 겁니다. 만약 별다른 게 없다면 이제까지 설정한 것들을 다시 살펴보면서 무언가 하나를 만들어보세요. '마법을 사용할 수 있는 것'이 특색이어도 나쁘진 않지만, 다른 작품과 차별성이 없겠죠. 마법을 사용함으로써 어떤 특징이 생기는지 한 단계 더 깊이 파고들어 봅시다.

문제 · 과제 · 우려

언뜻 보기에 평화로우며 막힘없이 운영되는 나라에도 문제는 있습니다. 아무 걱정 없는 나라는 없죠. 인간은 완벽하지 않으며, 그러한 사람들이 모여 있으니까요.

알기 쉬운 것은 범죄나 식량, 환경 문제입니다. 자신의 부를 위해서만 정치를 조종하는 무리가 있을 겁니다. 또한, 지금은 괜찮아도 미래에 문제가 되는 일이 있습니다. 현실의 문제나 과제를 조사하면서 자신의 나라에 있을법한 설정을 만듭시다.

memo

p.143

특색

문제
·
과제
·
우려

메모
(지금까지 쓴
항목 외의 뭔가
있으면 써넣자)

근미래 판타지 ✶ 1 ✶

현대를 기반으로 하지만 지금은 실현 불가능한 기술을 포함하기
가장 적합한 세계입니다. 발전을 꿈꿔도 좋고, 어떠한 원인으로
지금보다 쇠퇴한 미래를 그려도 좋습니다.

가까운 미래. 한 번쯤은 들어본 적 있는 말입니다. 문자 그대로 가깝긴 하겠지만, 구체적으로 얼마만한 거리가 있는 미래일까요? 이걸 알아야 이미지를 떠올리기 좀 더 쉬울 겁니다.

그래서 사전을 찾아보았습니다. 《일본 국어대사전》에 따르면 다음과 같습니다.

[비교적 가까운 미래. 거의 연수로 두 자릿수에서의 미래를 말하는 것.]

수십 년 후, 아마 여러분도 아직 살아있겠죠. '그다지 멀지 않은데, 별 차이가 있을까?' 생각할 수 있지만, 지난 30년을 생각해봅시다.

알기 쉬운 것이 휴대전화의 변화입니다. 일본에서 휴대할 수 있는 전화가 등장한 것은 1985년의 일이고, 국민이 소지할 수 있게 된 것은 1990년대입니다. 2000년대에 돌입하자 통화나 이메일 외에도 기능이 확충된 갈라파고스 휴대전화를 거쳐서, 현재의 스마트폰이 우리 생활에 녹아들어 있습니다. 휴대전화가 생기고 나서 30년 만에 격동의 진화를 달성한 것입니다.

아주 많은 것이 달라졌습니다. 유선 전화를 두는 가정은 적어졌고, 뉴

스나 콘텐츠 등을 인터넷으로 접하는 경우가 많아졌습니다. 로봇 기술도 한창 큰 발전을 하고 있어서 앞으로의 30년도 진화가 멈추는 일은 없을 것 같습니다.

도시의 모습과 거리의 풍경에 그다지 변화가 없더라도 기계 기술 등의 발전에 따라 생활이 변해가고 있습니다. '이런 식으로 변하면 좋겠다'라고 상상해보면 좋을 거예요.

한편, 발전이 아니라 환경 문제가 악화하여 인간이 살기 힘든 세계로 격변할 가능성도 있습니다. 지금 생각하기에는 먼 미래의 일 같지만, 창작이므로 수십 년 후에 일어나도 상관없는 일을 만드는 겁니다. 현대의 생활을 유지하면서 인간이 살아가기 위해 애쓰는 이야기는 현실감이 생생할 겁니다.

★ 무엇이 달라졌는가? ★

서론이 길어졌지만, 설정을 생각합시다. 무엇보다도 지금과 무엇이 다른가를 생각합시다. 크게 여백을 두었으니 생각나는 대로 써보세요.

이것이 결정되면 어울리는 기반의 나라나 인구수도 생각해 낼 수 있을 것입니다. 현대와의 차이를 알기 쉽게 설명하기 위해 실존하는 나라를 무대로 삼는 것을 추천합니다.

memo

기반이 되는 나라

무엇이 달라졌는가(얼마나 기술이 발전했는가/퇴화했는가?)

국가명	
국가의 넓이	
인구수	

근미래 판타지 ★ 2 ★

★ 지형, 기후 ★

최근 수년, 일본은 여름부터 가을을 중심으로 이상 기후가 기승을 부리고 있습니다. 매년 어느 지역이 침수되거나 강풍으로 인해 건물이 파손된다는 소식이 뉴스나 신문에 보도됩니다. 자연은 눈 깜짝할 사이에 인간이 사는 세상을 바꿔버립니다.

일반적인 설정으로는 수몰 도시가 있습니다. 멈추지 않는 비 때문에 지상의 대부분이 물에 잠겨 지도상에서 모습이 지워지는 겁니다. 물론 현대와 별로 다르지 않아도 상관없지만, 이러한 큰 변화를 검토해 보아도 좋을 것입니다.

역병의 무서움

재해에도 여러 가지가 있지만, 그중에서도 역병은 특히 무섭습니다. 중세 유럽에서는 흑사병이 만연해 인구의 1/3을 잃었다고 할 정도입니다.

근대 이전의 세계에서는 세균이나 바이러스에 대한 지식이 부족하고 사람들의 영양 상태도 좋지 못해서 한 번 전염병이 퍼지면 많은 희생자가 나올 것입니다.

현대나 가까운 미래에는 이동 수단이 발달한 탓에 근대 이전보다 훨씬 넓은 지역으로 병이 퍼져버립니다. 역시 전염병은 무섭습니다.

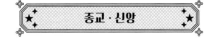

★ 종교 · 신앙 ★

삶이 괴로우면 의지할 곳을 찾게 되는 건, 예나 지금이나 변함없습니다. 새로운 종교가 등장하며, 때에 따라서는 기독교나 불교를 능가할지도 모릅니다. 종교가 아니어도 민간요법처럼 근거 없는 설을 사람들이 믿는다는 설정도 재밌겠습니다.

일본을 무대로 한다면, 천재지변 같은 일이 없는 한 현대와 그다지 다르지 않을 겁니다. 하지만 천재지변 수준의 사건을 일으킬 수 있는 것이 창작의 묘미죠.

권력을 가진 자가 바뀌거나 나라 운영을 유지할 수 없게 되거나 하면 큰 변화가 생길 겁니다.

변화를 주든 주지 않든 우선은 현재 상태의 정치나 국가의 제도를 제대로 파악해둡시다.

타국 · 다른 지역과의 관계

지금은 동맹을 맺고 우호적인 관계를 구축하고 있어도 몇십 년 후에는 다를 수 있습니다. 그렇게 되면 자국의 입장도 바뀌기 때문에 변화를 줄 때는 신중하게 생각합시다.

또 국내 지역끼리의 관계성도 달라질 수 있습니다. 만일 일본이 물에 잠기기 시작해서 작은 섬들이 점점이 이어진 지형으로 변한다면 어떻게 될까요? 오고 가는 것이 매우 귀찮아지겠죠. 반대로 통행이 간단하고 편해지면 도시와 지방의 관계가 지금과는 달라질 것입니다.

memo

지형	
기후	

종교 · 신앙	

국민의 계급	
정치	

타국 · 다른 지역과의 관계	
이웃 나라	
동맹	
적대	
교류	
그 외	

근미래 판타지 ★ 3 ★

기술

세계관 설정에서 아주 중요한 항목입니다. 지금보다 편리한 세상이라면, 무엇이 발달한 결과일까요? 휴대전화처럼 한 아이템의 진화만으로도 생활은 크게 달라집니다. 그렇지만 스마트폰을 사용하려면 네트워크 회선의 확대와 속도 향상도 필요했습니다. 하나의 아이템을 지탱하기 위해서는 주변의 도움이 필요하다는 것입니다.

근미래 판타지 1에서는 얼마나 기술이 발전하고 있는가를 정리했다면, 여기서는 주변의 도움에 관해서 생각해봅시다. 그 후속 기술에 의한 부산물까지 캐치할 수도 있습니다.

예를 들자면, 네트워크 회선의 속도가 빨라지면서 고용량의 데이터

를 주고받는 것이 간단해져서 이제는 누구나 동영상을 편집해 간단하게 인터넷에 올릴 수 있습니다. 동영상을 편집하는 툴도 예전에는 프로만의 전유물이었다면, 이제는 무료이며 쉽게 사용할 수 있는 것도 많습니다. 휴대전화가 컴퓨터와 경계가 모호해질 정도로 진화를 이룬 것입니다. 앞으로도 더 많은 변화가 있겠지만, 다른 분야도 생각해보세요.

하늘을 나는 자동차는 미래를 상징하는 대표적 아이템입니다. 이것이 현실이 되고 있습니다. 실용화는 아직 미래의 일이라지만, 유인 비행 시험도 행해졌을 정도의 단계까지 도달했습니다. 이런 차를 일반인도 사용할 수 있게 된다면 교통수단에 혁명이 일어나겠죠. 현재 진행되고 있는 기술이나 연구를 조사해서 한

층 발전하면 어떻게 될지 상상해봅시다.

음식

일본은 식량 자급률이 높지 않아서 수입에 의존하고 있습니다. 일이십 년만으로는 벗어나기 어려울 겁니다. 그렇다면 가까운 미래도 현재와 비슷한 상황 아닐까요?

작물의 변화는 없어도 조리법은 변할 수 있습니다. 한 알만으로 하루 영양분을 모두 섭취할 수 있는 보충제가 개발되진 않을까요? 수십 년이라면요.

언어, 교육 제도

언어는 단지 읽고 쓰고 대화하는 도구가 아닙니다. 또 다른 측면으로 프로그래밍 언어라는 예가 있습니다.

프로그래밍 언어는 컴퓨터 프로그램을 확립하기 위한 언어이죠. 평소 아무 생각 없이 사용하고 있는 컴퓨터 툴을 이러한 프로그래밍 언어로

만듭니다. '그건 전문 개발자나 사용하는 거잖아'라고 생각하세요? 요즘은 초등학교 수업에도 채용된다고 합니다.

영어도 예전에는 중학생부터 배우고 그랬습니다. 지금에 이르러 글로벌 사회에 발맞춰 초등학생 때부터 정규과목으로 배우게 되었습니다. 세상의 변화에 따라 앞으로도 어릴 때부터 배워야 할 분야가 늘어날 겁니다.

memo

p.146

기술	
인프라	
교통수단	
교통로의 정비	
건축	
기계 기술	
과학	
의료	
그 외	

음식	
수확할 수 있는 작물	
조리법	

언어	
교육 제도	

근미래 판타지 ✱ 4 ✱

✦ 경제

근 수십 년 동안 크게 달라진 것 중 하나가 돈의 취급입니다. 물건이나 서비스를 현금으로 구매했었는데, 신용카드가 등장하면서 수중에 돈이 없어도 카드 한 장으로 물건을 살 수 있게 되었습니다. 그리고 지금, 전자 화폐의 사용으로 카드조차 필요 없는 시대가 되고 있습니다. 물론 현금주의도 뿌리 깊지만, 앞으로는 현금이 없는 시대가 온다고까지 이야기합니다.

돈의 운용에 관해서는 어떨까요? 그냥 적금하는 것이 아니라 투자해서 늘릴 수 있습니다. 최근에는 소액부터(돈이 아니라 모은 포인트를 사용하는 상품까지 있습니다) 투자할 수 있어 접근이 쉬워졌습니다.

세금에 관해서도 생각해봅시다. 2021년, 일본의 소비세는 10%(경감세율은 8%)입니다. 이것이 올라갈까요, 내려갈까요? 이미 다양한 세금을 내고 있지만 새로운 세금이 생길 수도 있습니다. 새로운 세금이 정당한 것인지, 착취라며 반감을 살 것인지는 그때 국가를 운영하는 사람들의 수완에 달려있습니다.

✦ 농업, 주요 일자리

기술이 발달하면 새로운 산업이 태어납니다. 직업의 종류도 변해갈 겁니다. 근래에는 AI의 진화가 현저해서, 머지않은 미래에 AI에게 인간의 일을 빼앗기는 것은 아니냐고 이야기되고 있습니다. 그렇게 된다면 인간은 어떻게 생활비를 벌어야 좋을까요? 새로운 직업이나 사회의 모습이 생길지도 모릅니다.

지니고 다니는 전자기기는 대부분 충전식입니다. 그렇다는 건 우리 생활 속에 '충전'이라는 루틴이 포함된 것이 비교적 최근이라는 얘기입니다. 풍습과는 조금 다른 느낌이지만, 세상의 변화로 새로운 습관이 생기기도 할 것입니다.

다음은 유행에 관해서 이야기해 보겠습니다. 유행은 수명이 짧습니다. 특히 인터넷이 발달한 요즘은 정보가 넘쳐서 새로운 것도 금방 낡아 버립니다. SNS상에서 화제가 된 것이 수일 후에는 일절 언급되지 않는 일이 허다합니다. 그래도 뿌리 깊게 남아서 문화로 변화하는 일도 있습니다.

한때를 풍미했던 스티커 사진. 스마트폰에 카메라가 달리며 인기가 사그라든 것이겠지만, 지금도 한 층을 차지하고 있습니다. 이것은 스티커 사진이 젊은이를 중심으로 한, 문화의 하나가 되었기 때문이라고 생각해도 되겠죠?

memo

p.147

경제	
산업	
주요 일자리	

문화	
풍습 · **현재의 유행**	
국민성	

나라의 역사	

근미래 판타지 ★ 5 ★

국민성

국민성이 수십 년 만에 크게 바뀌진 않는다고 생각하지만, 어떠한 계기로 새로운 의식이 싹틀 수는 있겠죠.

예를 들면 기후 항목에서도 언급한 이상 기후나 지진 때문에 개인의 재난 대책에 대한 흥미나 관심이 높아지고 있습니다. '어떻게든 되겠지.'라는 생각이 '각자 재난 용품을 준비해 두어야 해'로 바뀐다든지요. 이러한 새로운 생각이나 상식이 생길 가능성도 검토해봅시다.

국가의 역사

현대에서 수십 년 사이에 무슨 일이 있었는지를 정리해둡시다. 큰 사건이나 이벤트는 물론이고 느릿하게 변해간 것도 좋습니다. 사건이나 이벤트의 예시로는 재해, 법률의 개정, 정보 단말이나 시스템의 변화, 과학 분야의 새로운 발견 등을 떠올릴 수 있습니다.

특색

나라마다 타의 추종을 불허하는 기술이나 산업이 발전하면 그것이 특색이 됩니다. 또 원래 있던 것에 별도의 견해를 찾아보아도 좋습니다.

일본이라면 신사나 절, 산악과 폭포 같은 자연을 파워 스팟으로 지정해 관광지화했습니다.

왜 달력이 중요할까?

달력은 시간의 흐름을 구분하고 파악할 수 있게 합니다. 지금이 몇 년 몇 월 며칠인지 파악할 수 있는 모두 달력 덕분입니다. 너무 당연해서 그 고마움을 느끼는 사람이 거의 없죠.

고대부터 달력을 만들어왔는데, 위정자들에게 아주 중요한 일이었습니다. 달력을 만드는 것이 시간을 지배하는 것이라고 여겨 왕의 권력과 직결된다고 생각했기 때문입니다. 정확한 달력을 만들어서 월식이나 일식 등의 특별한 천체 현상의 시기를 맞추는 것도 중요해서 고대 중국에서는 그 예측이 빗나가면 위정자가 신망을 잃었다고 합니다.

또 농업에도 달력은 몹시 중요했습니다. 씨를 뿌리는 시기나 수확 시기가 적절하지 않으면 수확량이 현저히 떨어졌습니다. 예를 들어 '한 알 만 배일'이 있어서 이날 씨를 뿌리면 수확량을 만 배로 늘릴 수 있었다고 전해집니다. 이처럼 농민들은 달력에 민감했습니다.

문제 · 과제 · 우려

세계는 지난 수십 년 사이 급격한 발전을 이뤘습니다. 그 대가로 다양한 문제가 심각해졌고, 에너지나 폐기물 등 미래를 위한 과제가 산더미처럼 쌓였습니다.

만일 이러한 문제가 해결된다 해도 새로운 과제가 생길 것입니다. 미래의 세계를 상상한다는 건 즐거운 일이지만, 이러한 부정적인 면에도 확실히 관심을 두어야 합니다. 여기서 이야기가 탄생하기도 합니다.

memo

특색

문제
·
과제
·
우려

메모

현대 판타지 ★ 1 ★

우리가 사는 세계가 무대라면 친근감이 샘솟습니다.
거기에 신기한 요소를 넣으면 어떻게 될까요?
친근감과 함께 두근거림이 생길 것입니다.

"판타지 설정을 넣고 싶지만 제로부터 만들기가 힘들어요…"

"마법 세계로 만들고 싶은데, 무대의 이미지와 어긋나요."

이런 고민을 갖고 계신가요? 판타지라면 아무래도 중세 유럽이 대표적인 무대지만, 장소나 시대는 큰 상관이 없습니다. 오히려 차별화를 위해서 다른 무대를 모색해봐야 합니다. (물론 중세 유럽이라도 보는 방식을 바꾸면 얼마든지 차별화할 수 있습니다.)

그래서 이번에는 현대 판타지라는 분야를 제안하려고 합니다. 이름 그대로, 현대를 무대로 현실에는 없는 판타지 요소를 조합한 세계입니다.

현대 판타지 작품은 의외로 가까이에 있는데, 어린 시절에 즐겼던 특수촬영물(특촬물: 일본에서 시작된 것으로 다수가 팀을 이루어 각자의 역할을 맡아 지구를 구하거나 악당을 물리친다는 내용을 주로 다루는 장르)이나 마법소녀물이 여기에 해당합니다. 캐릭터는 우리가 사는 세계와 거의 다르지 않은 장소에 살면서 나타나는 적과 싸웁니다. 이 적과 캐릭터의 힘이 판타지 요소입니다.

또한 요즘 소설에는 '캐릭터 문예', '캐릭터 미스테리' 등으로 불리는 라이트 노벨에서 파생된 장르가 나타 났습니다. 이 장르에도 현대 판타지 가 자주 등장합니다. 주로 주인공 캐 릭터를 성인으로 설정하며 현실에 근거한 현실감에 신비한 요소를 더 합니다.

현대 판타지(로우 판타지)의 제일 큰 장점은 쉽게 받아들일 수 있다는 것입니다. 하이 판타지 세계와 달리 많은 설정을 기억할 필요가 없고 친 근감이 샘솟습니다. 반대로 신선함 이 떨어진다는 약점이 있으니 판타 지다운 요소를 잘 섞어서 확실하게 독자의 관심을 끌어야 합니다.

★ 현실과 무엇이 다른가? ★

세계의 설정은 현실의 설정을 그대 로 사용하니 별다른 고려사항이 없 다고 생각할 수도 있지만, 요리에 조 미료 하나만 추가해도 맛이 달라지 듯이 설정을 추가하면 분명 어떤 영 향이 발생할 겁니다. 오히려 그런 영 향에 의한 세계의 변화가 이야기의 차별화로도 이어집니다. 다음 페이 지에 판타지다운 요소를 적어봅시 다. 인간이 마법을 사용해도 좋고 유 령 같은 신기한 존재가 등장해도 좋 습니다.

★ 국가명, 넓이, 인구수 ★

어디까지나 무대는 현대이므로 우 리가 사는 세계와 기본적으로 다르 지 않을 겁니다. 다만 앞에서 이야기 했듯이 판타지다운 요소의 영향을 받아서 약간 변화를 가져와도 재미 있습니다.

memo

기반이 되는 나라

현재와 무엇이 다른가?

국가명	
국가의 넓이	
인구수	

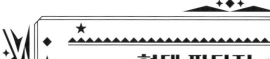

현대 판타지 ⋆ 2 ⋆

★ 지형, 기후 ★

판타지다운 요소? 간단하게 이야기 했지만, 종류가 얼마나 많은가요. 사람에게 신비로운 힘을 부여해도 좋고 자연의 다른 모습을 보여줘도 좋습니다. 가까운 미래에서도 예시로 사용했던 '그치지 않는 비'라든가, 사계절이 아니라 일 년 내내 여름이 된다든지요. 지형이라면 '갑자기 일본이 조금씩 움직이기 시작했다!' 같은 깜짝 설정도 있겠습니다.

지형이나 기후에 신기한 설정을 추가하지 않더라도 어떤 영향으로 변화가 있다면 기록해둡시다.

★ 종교 · 신앙 ★

노스트라다무스의 예언을 아시나요? 1999년에 인류가 멸망할 거라는 예언입니다. 지금은 이 예언이 틀렸다는 것을 누구나 알죠. 이런 예언들은 어느 시대든 누군가가 발언하며 적지 않은 화제를 모았습니다.

말도 안 되는 것 같지만 지형이나 기후, 식물 등 자연에 판타지 요소를 부여했다면 이러한 예언도 괜찮을 수 있습니다. 자연에 관한 것은 아무도 예측할 수 없으며 정답도 없기 때문입니다. 인간은 답이 없으면 불안함을 느끼는 생물이라서, 그 답이 나쁜 예언이라는 형태로라도 나타날 수 있는 겁니다.

예언을 진실로 믿는다면 사람들은 절망하거나 대처할 방법을 찾아야

할 것입니다. 예언한 사람을 숭상할 수도 있습니다. 마치 종교처럼 느껴지네요. 어떤가요?

국민의 신분

특별한 사람이 있다면, 일반인들은 그를 어떻게 대할까요? 숭상할까요, 두려워할까요? 아니면 배척할까요?

마법이나 초능력 같은 초인적인 힘을 가진 사람이 소수 있다고 해봅시다. 그들이 아군이면 든든한, 툭 터놓고 말해 편리한 존재입니다. 그러나 적대 의사가 느껴지거나 혹은 아군이라고 확신할 수 없다면 어떻게 될까요? 언제 어디서 이를 드러낼지 알 수 없는 위협입니다.

개인이 아무리 강하다 해도 압도적인 숫자로 압박하면 방도가 없습니다. 수가 많으면 모든 물량이 늘어나며 지혜도 전수할 수 있습니다. 이렇게 인원수의 힘으로 특별한 사람을 공격하고 박해하거나 생활에 제한을 가하는 일이 생길 것입니다. 이는 신분이라는 형태로 나타납니다.

반대로 아무리 숫자로 밀어붙여도 이길 수 없을 상대라면 어떻게 될까요? 그 특별한 사람이 악하다면 일반인들을 지배하지 않을까요? 절대 왕정이 탄생하는 것이죠.

이번에는 특별한 사람의 심정을 생각해봅시다. 선한 행동을 하고 있어도 계속 이용만 당하고 있다면 어떻게 될까요? 한순간에 마음이 상해 변절할 수도 있습니다.

memo

p.150

지형	
기후	

종교 · 신앙	

국민의 신분	
정치 · 법률	

타국 · 다른 지역과의 관계	
이웃 나라	
동맹	
적대	
교류	
그 외 (지구의 국가)	

현대 판타지 ✦ 3 ✦

✦ 정치 · 법률 ✦

앞 항목에서 신분을 예시로 든 특별한 능력을 갖춘 사람이 나라를 좌지우지하게 되면 정치 구조도 바뀔 것입니다. 특별한 능력을 갖춘 사람에게 거역할 수 없는 법률이 생기거나, 엄격한 처벌이 내려지거나 하는 식입니다.

또한, 사람의 신분에 변화는 없어도 판타지 요소에 의해 새로운 법률이 생길지도 모릅니다. 그 법률이 현대를 살아가는 우리에게 독특하거나 종잡을 수 없다고 느껴진다면 재미있을 겁니다.

✦ 타국 · 다른 지역과의 관계 ✦

판타지 요소가 무대가 되는 나라나 지역뿐 아니라, 세계적 규모로 퍼져 있다면 각 나라와의 관계에 큰 변화는 없을 겁니다. 따라서 이야기와 관련되지 않는다면 굳이 손댈 필요가 없습니다. 하지만 판타지 요소가 자국이나 일부 지역만의 것이라면, 그 설정에 따라 힘의 관계에 변화가 생길 것입니다. 국가의 발언권이 강해져서 쉽게 자국에 이익을 가져올 수도 있겠죠. 넓은 범위를 순식간에 초토화하는 무기가 현존하는 지금, 세계 정복은 현실적이지 않지만, 온갖 교섭을 유리하게 진행할 수 있는 방편이 된다고 생각합니다.

반대로 국가나 지역이 쇠퇴하는 설정이라면 다른 지역의 도움을 얻어야 할지도 모릅니다. 그렇게 되면 자연스럽게 발언권이 약해져서 눈칫밥을 먹게 됩니다. 그것이 시민 한 명의 생활에까지 영향을 미치는 수준인지도 시뮬레이션해둡시다.

기술

특수촬영물의 히어로나 마법 소녀들은 기본적으로 사람을 구하거나 적을 쓰러트리는 데만 신비한 힘을 사용합니다. 이렇게 신비한 힘을 가진 사람들이 모여서 그 힘을 사회에 공헌하는 데 사용한다면 어떨까요? 생활이 더 편리해지고 불가능이라 여겼던 일들이 가능해질 겁니다.

지금 우리 세상에 소수의 마법사가 있다고 가정해봅시다. 마법사마다 사용할 수 있는 마법과 능력의 차이가 있다면, 각자의 힘이 발휘될 수 있는 일이나 연구 등에 힘쓰겠죠.

● 비행할 수 있는 사람은 높은 곳에서 하는 위험한 작업이나 운송업을 한다.

● 회복 마법을 다룰 수 있는 사람은 약이나 수술로 낫지 않는 병이나 부상을 치료한다.
● 물을 다룰 줄 아는 사람은 화재 진압이나 물로 인한 재난을 저지한다.
● 신체를 강화할 수 있는 사람은 힘을 쓰는 일이나 경비원, 운동선수가 된다.

별거 없는 예를 들었지만, 여러분들은 더 좋은 아이디어를 떠올릴 수 있을 겁니다. 예시 중에서는 회복 마법이 단연 돋보입니다. 회복은 일시적인지, 병이 재발하진 않는지 등 우려되는 점을 해소할 필요가 있지만, 어쨌든 구할 수 있는 생명이 바로 늘어납니다. 병원의 수가 줄어들지도 모르는 일입니다. 이처럼 마법사에 의해 공급이 채워지면 현존하는 시설이 불필요해지는 일도 생길 수 있습니다. 물론 새롭게 필요해지는 시설도 있겠죠.

기술	
인프라	
교통수단	
교통로의 정비	
건축	
기계 기술	
과학	
의료	
판타지 설정에 의한 기술	

음식	
수확할 수 있는 작물	
조리법	

언어	
교육 제도	

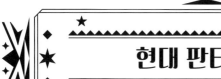

현대 판타지 * 4 *

음식

일본인은 음식에 탐욕스럽다고 해야 할지, 호기심이 왕성하다고 해야 할지, 외국인들은 놀랄 만한 것을 먹습니다. 생선을 날로 먹는 것도 세계적으로 드문 일이라서 초밥을 먹지 못하는 외국인도 많습니다. 그래서 더욱 일본 문화의 하나로 유명한 것입니다. 그런 일본에 몬스터가 존재한다면 어떨까요? 그 몬스터도 식용이 될 가능성이 있습니다.

언어, 교육 제도

판타지 요소로 새로운 언어를 만들어 낼 수도 있습니다. '마음속으로 대화를 나눌 수 있다(텔레파시)'라는 설정도 그 예시입니다.

교육 제도에 관해서는, 음, 마법사가 있는 세계라면 국가의 이익을 위해서라도 마법사를 육성하는 전문 학교가 있다는 설정은 무리가 없습니다.

경제, 산업, 일자리

기술 항목에서도 얘기했지만, 판타지 요소에 의해 현존하는 직업의 형태가 바뀔 수 있습니다. 나라를 지탱할 정도의 산업일 수도 있죠.

그런데 일반인들도 생각해봐야지 않을까요? 주요 일자리가 사라져서 빈부격차가 생길 가능성도 있습니다. 이런 문제는 특별한 사람과 일반인의 인구 비율로도 정해집니다. 특별함을 위해서라도 일반인들의 생활도 꼭 확인해둡시다.

✦ 문화 ✦

기본적으로는 사고방식이 현대와 같겠지만, 판타지 요소에 따른 변화로 사고방식과 가치관에 차이가 있을 수 있습니다. 그것들이 풍습이나 유행, 국민성이라는 형태로 나타납니다. 일 년에 한 번 '특별한 능력을 갖춘 사람에게 감사하는 날' 같은 것이 생겨도 이상하지 않습니다.

memo

'제로'와 '숫자'는 당연한 거 아니야?!

우리는 수를 0부터 1, 2, 3…이라 세고, 쓸 때는 아라비아 숫자라는 전문적 문자를 사용하고 있습니다. 그러나 모든 사회에서 이렇지 않다는 사실을 알고 계시나요?

숫자 0이라는 개념은 인도에서 생겼습니다. 또 아라비아 숫자도 인도에서 아랍을 거쳐 유럽으로 전해졌습니다. 그전에는 0도 아라비아 숫자도 유럽에는 없었던 것입니다.

아라비아 숫자는 계산에 무척 편리합니다. '백만 오십이 더하기 삼천오백이십칠'이라고 쓰는 것보다 '1,000,052 + 3,527'가 쓰기도 편하고 계산하기도 쉽습니다. 숫자가 없는 사회에 보급하면 사무작업 효율이 급증할 겁니다.

p.152

경제	
산업	
주요 일자리	

문화	
풍습 · 현재의 유행	
국민성	

나라의 역사	

현대 판타지 ✳ 5 ✳

정치 · 전쟁은 역사에서 배우자

스토리를 만들다 보면, 스케일이 큰 정치나 전쟁 에피소드를 다룰 때가 있을 겁니다. 나라와 나라가 서로의 명운을 걸고 전쟁을 하거나 고립된 왕자가 국내 유력 귀족의 힘을 빌려서 건곤일척의 승부를 겨룬다거나, 국가에 의해 가족이 살해당한 남자가 음모를 꾸며 함정을 파는 등 전부 두근거리는 상황이므로 꼭 활용했으면 합니다.

그러나 이러한 전개를 설득력 있는 형태로 만드는 것은 간단하지 않습니다. 역사상에 실제로 있었던 정치나 전쟁, 음모는 많은 사람이 연관되어 있으며 우연도 작용하며 벌어진 일이기 때문입니다. 이를 평범한 사람의 상상으로 만들어 내기에는 다소 무리가 있습니다. 아무래도 편의주의적이거나 너무 단순해지고 맙니다. 그래서 추천하는 것이 역사적 사실에서 배우는 방법입니다.

실제로 일어난 정치나 전쟁, 음모의 틀만 빌려오거나 여러 사건을 덧붙여서 자연스럽게 설득력이나 현실성 있는 에피소드를 만들 수 있습니다. 어쨌든 진짜 사람들의 생각이나 우연이 누적되어 일어난 사건이기 때문입니다.

전쟁의 경우는 병법서나 전략서의 내용도 참고가 될 것입니다. 고대 중국의 병법서 《손자》에서는 뛰어난 장군과 어리석은 장군의 조건, 위험한 상황, 보급물자의 중요성 등이 기록되어 있습니다.

《병법36계》에서는 억지로 적을 반대쪽에서 유인한 후에 공격하는 '성동격서' 등 36가지 전술이 기재되어 있습니다. 이들을 응용함으로써 설득력 있는 전쟁을 묘사할 수 있을 것입니다.

나라의 역사

여러분이 도입할 판타지 요소가 그 나라에서는 언제부터 있던(발견된) 걸까요? 지난 수십 년, 수백 년 전이어도 좋고 인간이 탄생했을 때부터여도 상관없습니다. 역사 차이에 따라 국민에게 친숙한 정도나 판타지 요소에 대한 견해가 달라집니다. 역사가 깊지 않은 경우는 한창 혼란스러운 도중일 수도 있으므로 아무리 좋은 요소라 해도 받아들여지지 않기도 합니다.

특색

판타지 요소에 의해 생겨난 산업과 문화는 특색이 되기도 합니다. 항상 좋은 것만은 아니라서 다음 항목에서 언급하는 문제들이 나타나기도 합니다. 나쁜 것이어도 특색이 될 수 있으니 괜찮습니다.

문제 · 과제 · 우려

착한 마법사들이 선의로 사회에 공헌한다고 해서 완벽한 이상향의 세계가 되진 않습니다. 경제와 산업적 측면에서 빈부 격차가 발생할 수도 있고, 마법을 악용한 범죄가 문제될 수도 있습니다.

판타지 요소의 역사가 짧을수록 문제가 산더밉니다. 지금까지 쓴 항목을 다시 검토하며 뺄 것은 없는지 생각해봅시다.

p.153

특색

문제 · 과제 · 우려

메모

원미래 판타지 ★ 1 ★

사람이 지구 밖으로 나가면 어떻게 될까요? 우주에는 무엇이 있을까요?
지구에 계속 산다면? 생물로서 새로운 걸음을 내디딜지도 모릅니다.

근미래가 수십 년 후의 일이라면 원미래는 수천 년, 나아가서 더 먼 미래의 일을 말합니다. 지금 우리의 삶이 편린조차 남아 있지 않고 역사서에나 기술되어 있을지 모릅니다.

원미래 판타지는 정답이 없는 미래를 창조하는 일이라 이세계 판타지보다 어렵습니다. 이세계 판타지는 현존하는 국가나 역사를 기반으로 사용할 수 있지만, 먼 미래는 거의 제로부터 만들어야 합니다. 굉장히 힘든 작업이긴 하지만, 자유도는 확실히 보장되므로 세계를 상상하는 걸 좋아하는 사람이라면 꼭 도전해보시기 바랍니다.

★ 무대는 지구 밖에도 있다 ★

모든 설정이 자유로워서 도대체 어디부터 정하면 좋을지 감을 잡기가 어렵습니다. 우선은 무대가 지구인지, 지구 밖인지부터 생각합시다.

● 무대는 지구

그 시대에 인간이 살고 있나요? AI가 인간을 쓰러트리고 지구를 정복한다는 전형적인 설정이 있습니다.

인간은 멸망을 피하고자 일부가 콜드 슬립(냉동 수면)에 들어간다는 것이 일련의 흐름인데, 인간이 쫓겨난 지구에서 AI는 어떻게 생활하는

105

지를 생각해봅시다.

물론 인간이 현대처럼 번영한 유형도 있습니다. 그렇다면 과학은 얼마나 발달했을까요? 지금처럼 일할 필요도 없어져서 마지막에는 의식만으로 생명유지활동을 하고 있을 수도 있습니다. 그런 세계는 어떤 모습일까요?

● **무대는 지구 밖**

지구에서 벗어난다면 무대는 우주, 내지는 미지의 차원이 후보입니다. 어디든지 간에 캐릭터가 활동하는 모체가 필요합니다.

우주가 무대라면 지구 이외의 행성이나, 항시 운행하는 우주선도 단골 소재입니다. 물론 우주선이 아니라 기차나 자동차의 형태를 띠고 있

어도 좋습니다. 비주얼을 설정하는 것은 두 번째입니다.

어느 쪽을 선택할지 정하는 것과 동시에 캐릭터는 인간인지. 그 외인지도 생각합시다.

memo

기반이 되는 무대

무대의 상세한 내용

무대명	
무대의 넓이	
인구수	

원미래 판타지 ＊ 2 ＊

넓이, 인구수

무대가 지구든, 지구 밖이든 인구수가 얼마나 되는지에 따라 그 무대의 성질을 엿볼 수 있습니다.

인류가 지금보다 번영했고 땅도 충분하다면, 현재보다 인구가 더 늘어나 있고 그 인구를 지탱할 자원 역시 충분하다고 해도 좋습니다. 자원 부족 문제와 무관할 정도로 먼 미래라는 느낌이 듭니다.

번영과는 반대로, 자연재해 때문에 인구가 급감하는 유형도 있습니다. 그때는 선택받은 인간만이 살아 있거나 제대로 된 생활을 하고 있을 겁니다. 인구가 적으면 생산율도 자연스럽게 저하되므로 만성적인 식량부족이나 더는 발전하지 못하는 기술의 퇴화를 떠올릴 수 있습니다.

이런 유형은 황폐해진 토지가 드넓고 사람이 살 수 있는 구역은 한정되어 있다고 설정하면 현실감이 더욱 도드라질 것입니다.

무대가 우주 밖이고 우주선 같은 이동 수단이라면 수용할 수 있는 인원이 한정되어 있습니다. 뛰어난 기술을 바탕으로 수용 인원을 크게 늘려도 좋지만, 한정적이기 때문에 빛날 수 있는 이야기도 많습니다. 실존하는 대형 선박이 얼마나 많은 인원을 수용할 수 있는지를 조사해보고 참고하면 좋겠죠.

지형, 주위 환경

이 항목도 제로부터 생각해야 합니다. 새로운 행성이 무대라면 육지는 어느 정도 있는지, 애초에 바다라는 개념이 있는지, 등장하는 캐릭터가 살 수 있는 장소는 어느 정도 있는지 등을 결정합시다.

우주선 등의 탈것이라면, 거주 지역과 식재료를 생산하는 구획이 있을 겁니다. 지형과는 조금 다르지만, 우주선에 어떤 영역이나 기능이 탑재되어 있는지 생각해봅시다.

환경에 관해서는 지구가 무대라면 어떤 기후 상태일까요? 수천 년, 수만 년이 지난다면 빙하기가 와도 그리 이상하지 않습니다. 그리고 빙하기를 극복할 수 있는 기술을 가지고 있을지도 모릅니다.

지구 밖의 무대도 기본적으로는 기후 설정과 같은 방식으로 하면 됩니다. 캐릭터가 살기 좋은지, 아니면 힘든 환경인지가 중요합니다.

우주선에 비는 내리지 않겠지만, 항상 엔진이 가동되고 있으므로 전체적으로 더울지도 모릅니다. 또 지내기 좋은 지역과 그렇지 않은 지역으로 나뉘어 있어서 주민의 격차를 나타낼 수도 있습니다.

종교 · 신앙

수천 년 후의 미래에는 종교나 신앙이라는 것이 존재하지 않을 수도 있습니다. 신이라는 눈에 보이지 않는 존재를 원할 필요가 없을 정도로 사람들의 삶이 발달해 있을지도 모르기 때문입니다.

물론 '기댈 곳'이라는 점에서 필요하다고 해도 이상하지는 않습니다. 그러한 사람의 심리를 이용해 인간이 신을 창조해 실권을 장악하는 데 이용한다는 아이디어도 떠올릴 수 있습니다.

memo

p.155

지형	
주위 환경	

종교 · 신앙	

국민의 계급 / 신분	
통치 / 운영	

다른 지역과의 관계	
가까운 지역(섬 밖)	
동맹	
적대	
교류	
그 외(운영)	

원미래 판타지 ★ 3 ★

국민의 계급/신분

확실한 신분 제도를 마련해도, 이야기에 활용하지 않으면 의미가 없습니다. 메인 줄거리와는 이어지지 않더라도 캐릭터나 주민들의 삶에 제대로 반영시켰으면 합니다.

신분 제도가 없어도 '거역해서는 안 되는' 두려운 인물이 있어서 마치 신분 제도와 유사한 문제가 생기게 만들 수도 있습니다.

또한, 신분의 일종으로 '어른과 아이'에 관해서도 언급하고 싶습니다. 법률로 정해지는 성인이라는 경계. 따라서 어른과 아이의 경계선은 국가나 시대에 따라 달라집니다. 명백히 어린 나이라 해도 노동력으로 간주하면 어른이나 다름없는 대우를 받는 경우도 있었습니다. 수천 년 후의 세상은 어떻게 되어 있을지 생각해봅시다.

정치/경제

현재 일본은 국민이 투표로 뽑은 대표자들이 나라의 운영 방침이나 법률, 국가 예산의 사용처 등을 결정하고 있습니다. 즉, 선거권이 있는 국민들이 자신이 생각하는 이상적인 국가의 모습을 결정하고 있다고 해도 좋습니다(좀처럼 그렇지 않다는 게 문제이긴 하지만).

수천 년 후에도 같은 구조일지는 사람들의 생활과 환경에 의해서도 달라집니다. 인구가 아주 적다면 모두가 의논하여 결정할 수도 있고, 누군가 한 사람이 리더가 되어 방향을 전환하는 일도 있겠죠.

수장이 없는 조직은 제대로 돌아가지 않을 때가 많습니다. 모두가 책임감은 없이 원하는 것만을 주장해서 의견을 모으기 어렵기 때문입니다. 그런 의미에서 보면 인구나 환경에 상관 없이 리더십 있는 캐릭터와 통치 구조를 세우는 편이 좋습니다.

다른 지역과의 관계

살아가기 힘든 환경이라면 주변과 협력해도 좋지만, 한정된 자원을 서로 빼앗는 관계라 해도 이상하지 않습니다. 아니면 주변에 아무것도 없거나 우주선으로 이동하고 있거나 해서 자신들밖에 없다는 설정도 있을 수 있습니다.

기술

수천 년 후의 기술이 어떨지는 도저히 정답을 도출할 수 없을 것 같습니다. 그러니까 '무엇이든 가능하다'는 말이기도 합니다.

현재는 실현할 수 없는 엄청난 기술과 놀라운 과학, 하늘까지 닿을 듯한 건축물 등 발상은 다양합니다.

음식

음식도 기술과 마찬가지로 수천 년 후는 미지수입니다. SF물에서는 영양 밸런스를 생각한 페이스트 형태의 식사를 자주 볼 수 있습니다. 작품 속에서 식사 장면을 묘사할 기회가 자주 있으므로 캐릭터가 무엇을 먹고 있는지 확실히 결정합시다.

memo

기술	
전기	
수도	
가스	
이동 수단	
교통로의 정비	
건축	
기계 기술	
과학	
의료	
독자적인 기술	

음식	
수확할 수 있는 작물	
조리법	

언어	
교육 제도	

원미래 판타지 ✶ 4 ✶

언어

지금 우리는 의사소통을 말이나 문자로 하고 있습니다. 수천 넌 후에도 같은 방법으로 커뮤니케이션하겠지만, 메일이나 채팅 등의 툴은 새롭게 만드는 편이 '오리지널'다운 느낌이 납니다.

텔레파시로 대화를 나눌 수 있는 등 별도 방법을 설정할 수도 있습니다. 이때 사람들이 언어를 어떻게 취급하고 있을지도 생각해봅시다.

교육 제도

SF 작품에서는 유전자를 조작해 우수한 인간을 탄생시킨다는 설정이 나오기도 합니다. 그렇게 되면 교육이 불필요해질지도 모릅니다. 교육

이 있다고 해도 기계적으로 프로그램을 받아들이면 되겠죠.

한편, 도덕으로 대표되는 정서교육은 어떻게 되는 걸까요? 유전자 조작으로 획일화된 인간만 있다면 감정은 어떻게 키워갈지, 부모의 훈육은 어떠한 것이 될지, 애초에 훈육이라는 개념이 존재하는지 생각해봅시다. 이러한 내용은 캐릭터의 인간성과도 크게 연관되어 있습니다.

경제

사람들은 노동이나 국가의 지원 등으로 돈을 얻고, 자신에게 필요한 물건이나 서비스를 위해 돈을 지불합니다. 우선은 이 제도 자체가 수천 년 후에도 계속되고 있을지를 생각해봅시다. AI가 발달해 인간이 전혀

일할 필요가 없어지면, 노동을 통해서는 돈을 버는 기회가 적을 겁니다.

그렇게 AI에게 모든 것을 맡길 수 있는 시대가 된다면, 인간은 대가의 지불 없이도 생활할 수가 있을까요? 돈을 주고받는 일이 사라지면 경제 자체도 구조가 크게 바뀔 것입니다.

산업 · 주요 일자리

AI에 의해서 인간의 노동이 필요 없어질 수 있지만, 삶의 보람 등을 이유로 일부러 일자리를 만들 가능성도 있습니다. 또는 아무리 수천 년 후라고 해도 인간만이 할 수 있는 일이 존재할지도 모르죠. 지금까지 생각해 온 설정을 다시 살펴보고 어떤 일이 필요한지 검토해봅시다.

풍습

상식이나 '이렇게 해야 한다'라는 가치관, 관습 등 풍습은 만들려고 마음먹으면 얼마든지 만들 수 있습니다. 설정에 제한이 없으므로 특징적인

풍습을 몇 가지 생각해보는 것부터 시작하면 좋겠습니다. 현대인의 입장에서 놀랍고 이해할 수 없는 풍습을 설정하면 재미있을 겁니다.

memo

경제	
산업	
주요 일자리	

문화	
풍습	
국민성	

무대의 역사	

원미래 판타지 ✳ 5 ✳

국민성

풍습과 마찬가지로 지금 우리가 이해하기는 어려운 가치관이나 상식이 있는 세계로 설정한다면 수천 년 후의 세상은 정말 다른 세계라는 인상을 줄 수 있습니다.

현재와 그다지 다르지 않다는 생각이 들게 만드는 것도 공감을 이끌어내는 방법이 됩니다. 문득 떠오른 설정을 기준 삼아서 균형을 잡아봅시다.

무대의 역사

세계는 수천 년의 시간 동안 어떻게 구축되어 왔을까요? 대강의 흐름이라도 좋으니 생각해봅시다. 지구를 떠나게 되었다면, 무슨 이유로, 어떻게 해서, 언제쯤 떠났을까요? (떠나고 얼마나 시간이 흘렀을까요) 모두가 떠나왔는지도 중요합니다.

특색

우리 입장에서는 이 세계 자체가 특색이 가득한 세상입니다. 그러므로 작품 형태를 만들 때 온갖 설정을 추가하게 될 위험이 있습니다. 매력적인 세계는 이야기를 다채롭게 하지만, 너무 과한 설정을 하면 캐릭터가 흐릿해집니다. 이야기는 캐릭터를 주축으로 전개되어야 합니다.

과한 설정을 피하기 위해서 '이것만은 확실하게 보여주고 싶다'고 생각하는 요소를 특색으로 정합시다.

문제 · 과제 · 우려

문제가 없는 완벽한 세계를 만드는 것은 불가능합니다. 인간이 살기 좋은 세계라고 해도, 그 이면 어딘가에는 부하가 걸립니다. 일부 인간만 이익을 누리고 그 이외의 인간은 힘든 생활을 보내는 일이 그때도 있을지 모릅니다.

사람의 가치관이나 사고방식에 그다지 변화가 없다면, 인간관계와 관련된 문제도 당연히 있을 것입니다. 같은 조직이나 사회 안에서도 자신의 이익을 추구한다는 이유로 대립이나 싸움이 일어나도 이상하지 않습니다.

총은 왜 무서운가?

총, 혹은 총포류. 화약의 폭발력에 따라 금속(주로 납) 탄환을 쏘는 이 무기는, 전쟁 자체를 바꿔놓았습니다. 판타지 이야기에서 총을 등장시킬지 말지는 작품의 분위기를 크게 좌우하는 선택지입니다.

총이 유달리 두려운 이유는 무엇일까요? 단순하게 파괴력 때문도 있지만, 이유가 그것만은 아닙니다. 방아쇠를 당기기만 해도 사람을 죽일 수 있으며, 발사만 되어도 굉음과 연기가 나서 사람이나 말을 겁주는 효과가 있습니다.

검이나 창 같은 근접 무기는 아무래도 죽임을 당할지도 모른다는 공포가 더 짙으며, 활은 조작이 어렵습니다. 그러나 총은 다릅니다. 일반 농민도 즉시 병사가 되어서 일기당천의 용사를 죽일 가능성이 있기 때문입니다.

p.158

특색	
문제 · 과제 · 우려	
메모	

학원도시 판타지 ★ 1 ★

아이들이 통치하는 아이들만의 사회.
질서는 어떻게 유지되고 있을까요?

학원도시란?

학원도시는 대학이나 연구시설 등의 교육기관이 모여있는 도시를 말합니다. 그러나 여기서는 다른 정의로 이야기를 진행하려고 합니다.

[인구의 절반이 학생이며, 그들이 도시를 통치하고 운영한다.]

즉, 리더가 사회인이 아닌 학생이며, 도시의 규칙이나 법률 등도 모두 학생에 의해 결정됩니다. 여전히 교육 시설에서 무언가를 배우지만, 밖에 나가면 상점의 주인도 학생이라는 이야기입니다.

이처럼 특수한 도시는 특이한 장소에 있는 경우가 많습니다. 섬 전체가 학원도시거나, 외딴 산에 있거나 합니다. 다른 마을과 교류가 없는 것은 아니지만, 생활은 기본적으로 학원도시 내에서 모두 해결할 수 있으며 때에 따라서는 졸업할 때까지 외부로 나갈 수 없다는 규칙도 있거나 합니다. 폐쇄적이기 때문에 학생들만으로 운영하는 도시라는 특징이 더욱 도드라지는 것입니다.

이러한 학원도시는 라이트 노벨에서 하나의 장르가 될 정도의 인기를 자랑합니다. 주로 학교에 판타지 요소가 있습니다. 마법 학교처럼 특별한 학교가 있는 것이 정석입니다. 특별하기 때문에 은닉 등을 이유로 폐쇄적인 땅에 존재하며 학생이 자치한다는 설정이 뒷받침됩니다.

무슨 학교인가?

우선 무엇을 배우는 학교인지를 생각합시다. 일반 학교는 별로 재미가 없으므로 가능하면 특수한 능력을 배우는 학교가 좋습니다. 동시에 어떤 나이의 학생이 다니는지도 정해야 합니다. 주인공 캐릭터와 직결되기 때문입니다.

대학과 부설 학교(대학 부설의 초, 중, 고등학교)처럼 복수의 학교가 있어도 물론 상관없습니다. 그때는 자치가 어떻게 할당되어 있는지도 결정합시다. 일반적으로 생각하면 대학생이 자치를 일임받을 것 같지만, 부설 학교의 학생들도 참여하면 재미있을 것 같습니다.

특수한 학교라면 입학에 조건이 있을 것이고, 졸업 시에는 누구나 원하는 유망한 직업도 있지 않을까요? 학교에 남아 교사를 업으로 삼아도 좋습니다.

의외로 간과하는 것이 학비입니다. 주인공은 장학생이라 학비가 무료라는 설정도 있지만, 그때는 그 장학금이 어떻게 만들어지는지도 생각해야 합니다.

memo

p.159

무슨 학교인가	

학교의 이모저모	
어떤 땅인가	거리 / 섬 / 그 외
다니는 학생	초등학생 / 중학생 / 고등학생 / 대학생 / 전문대 학생 / 그 외
구체적으로 무엇을 배우는가	
몇 년 동안 다니는가	
입학 조건	
졸업 조건	
주요 진로	
학비	
장학생 제도의 유무	

도시 / 학교 이름	
넓이	
인구수	

학원도시 판타지 ✴ 2 ✴

넓이

학교나 연구시설이 얼마나 많은지에 따라서 학원도시의 넓이가 달라집니다. 또는 광대한 토지가 필요한 학업(예를 들어 농업학교는 재배나 목축도 하므로 상당한 넓이가 필요하겠죠)이라면 현대의 광역시 정도의 규모가 될지도 모릅니다.

도시의 주요 설비를 파악해서 '대략 이 정도 넓이는 필요하겠어'라고 역산하는 방법도 있습니다.

시설을 기입하는 란은 마지막 페이지에 있으니 나중에 되돌아옵시다.

인구수

학생 수가 몇 명인지로 대강의 인구가 정해집니다. 하지만 아무리 학원도시라도 성인이 한 명도 없다는 건 이상합니다. 성인이 없으면 누가 교사 역할을 맡을까요? 도시의 운용에도 성인의 도움이 어느 정도는 필요할 겁니다. 학생은 학업이 가장 우선이므로 도시에 어떤 문제가 생겼을 때 24시간 대응할 수 없습니다. 그걸 도와주는 어른들이 있을 겁니다.

지형, 기후

어떤 장소에 있는지는 앞 페이지에서 정했으므로 주변에 무엇이 있는지, 어떤 기후인지를 결정합시다.

재미있는 점은 도시 전체가 돔 안에 있어서 기후에 좌우되지 않는다는 설정이 간혹 눈에 띕니다. 반대로 배움을 위한 험난한 환경도 있을 수 있습니다.

종교 · 신앙

현실에서도 미션 스쿨(종교 조직이 운영하는 학교)이 있듯이 하나의 가르침을 기반으로 학업에 매진하는 경우가 있습니다. 전사를 육성하기 위한 학교라면 군신에게, 농업학교라면 농경의 신에게 매일 기도를 올리는 것도 좋겠지요.

주민의 계급, 통치

주민이 곧 학생인 셈이며 그들 간의 계급은 선배와 후배의 상하관계가 그대로 적용될 수도 있습니다. 그렇다면 상급생에게는 학교나 도시에서의 생활에서 얼마만큼의 특권이 있는지를 생각해봅시다.

현대의 부활동에서는 신입생은 탈의실을 사용할 수 없다거나(교실 등 별도의 장소에서 옷을 갈아입습니다), 도구 뒷정리는 후배가 한다는 규칙이 있기도 하지만, 이를 도시로 대체하면 이용할 수 없는 시설이나 상점이 있다는 정도일까요?

신분 차이는 선후배 관계 외에도 출신(왕족, 귀족, 서민)이나 실력 차이와 연관시킬 수 있습니다. 물론 평등을 주장하는 일도 있겠지요.

통치는 신분 차이가 있다면 자연스럽게 상위 계급인 사람이 하게 됩니다. 그들이 몇 명인지, 어떻게 해서 뽑힐 수 있는지, 어디까지 결정권을 가졌는지를 생각합시다.

선거세도를 도입해 도시의 운영이 학생의 투표에 의해 결정되는 방식도 좋습니다. 계파도 생길 수 있으니 조직의 분쟁을 그리고 싶다면 안성맞춤이지요.

memo

p.160

지형	
기후	

종교 · 신앙	

주민의 계급	
통치	
학교와 학생의 관계	

학칙	

125

학원도시 판타지 ✶ 3 ✶

도시 운영에 어느 정도 어른이 필요하다고 설명했는데, 가장 많은 인원이 할애되는 곳은 학교일 겁니다. 교사진이 어른이라면 학장도 어른이 맡고 있을까요?

하지만 학원도시는 어디까지나 학생들의 공간이니 학생이 운영하고 있다고 해도 좋습니다. 그렇게 되면 교사나 학장은 어디까지나 고용된 허수아비이며 운영 자체는 학생 중 누군가가 행하고 있다고 생각할 수 있습니다.

✦✧ **학칙** ✧✦

학칙은 학교의 핵심 중 하나라고 할 수 있습니다. 현실에서 규칙들은 성가실 뿐이었겠지만, 창작 면에서는 특수하거나 독특한 규칙을 만들어서 이야기를 고조시킬 수 있습니다.

규칙 사체의 재미는 물론이거니와 어겼을 때의 벌칙도 무언가 다르면 더욱 좋습니다. 어기면 근신이나 청소, 반성문 정도가 정석이지만, '전투 훈련의 과녁 역할', '마법 실습에 필요한 소재를 모아 오기'처럼 학교의 특색에 맞는 벌칙을 마련해보는 것은 어떨까요?

또 학원도시라는 성격상, 학생은 기숙사에 사는 경우가 많습니다(부유한 사람은 혼자서 아파트를 빌려 살고 있다고 해도 좋습니다). 기숙사 규칙도 함께 생각해둡시다.

기술

사고방식은 판타지 세계와 그렇게 다르지 않습니다. 바탕이 되는 시대를 결정하고 그 시대에 따라 기술 발전을 적용합니다. 특수한 학교라면 그 요소가 기술에 영향을 미치는 일도 있으므로 가미해봅시다.

음식

학생들에게 식사는 엄청난 즐거움 중 하나일 겁니다. 한창 먹을 시기이기도 하죠. 어떤 것을 먹고 있는지를 생각해두면 작품을 만들 때 도움이 됩니다.

우선은 재료에 관해 생각해봅시다. 도시에서 채소를 재배해 자급자족 생활을 할 수 있을까요? 모든 식자재를 조달하는 것은 어려울 수 있어서 일부는 밖에서 들여오기도 할 것입니다.

다음으로 어떤 조리를 할 수 있으며 어떤 메뉴가 존재하고 있을까요? 판타지 세계를 무대로 한다면 세계관에 걸맞은 메뉴를 정해 봅시다.

다른 지역, 조직과의 관계

우선 학원도시의 존재가 공개되어 있는지, 숨겨져 있는지를 결정할 필요가 있습니다. 더 나아가서 연결 고리가 있는 지역이나 조직이 있는지를 생각합시다.

학교가 숨겨져 있다면 생활을 고려하여 완전히 폐쇄적으로 지내는 것은 그다지 현실적이지 않습니다. 또 졸업하고 학원도시를 나간 사람들과의 교류가 계속되고 있다고 보는 편이 자연스럽습니다.

특히 은닉하지 않고 외부와 교류가 있는 경우, 학원도시이므로 공공연히 적대하는 일은 없을지도 모릅니다. 그러나 다른 지역에도 학원도시가 있다면 라이벌 관계가 되어도 좋을 것입니다.

기술	
인프라	
교통수단	
교통로의 정비	
건축	
기계 기술	
과학	
의료	
독자적인 기술	

음식	
수확할 수 있는 작물	
조리법	

다른 지역 · 조직과의 관계	
가까운 지역	
동맹 / 적대 / 교류	
그 외	

학원도시 판타지 ★ 4 ★

이 항목은 세트로 생각하는 편이 이해하기 쉽습니다. '학생은 어떻게 돈을 얻어서 생활하는가?'입니다.

우선 학원도시 안의 경제는 어떻게 되어 있을까요? 숨겨져 있다면 도시 안에서 모든 것이 이루어져야만 합니다. 도시에서만 사용할 수 있는 통화를 만들어도 좋겠죠.

학업과 동시에 아르바이트를 해서 필요한 것이나 좋아하는 것을 사는 설정도 좋습니다. 미리 납부한 학비에 기숙사 요금과 식비는 포함되어 있으므로 아르바이트 정도로 최소한의 생활은 가능하게 하는 편이 좋습니다. 그렇지 않으면 최우선인 학업에 전념할 수 없기 때문입니다.

학생들의 일

취미를 즐기며 생활하려면 대부분 추가수입이 있어야 합니다. 현대의 학생들이 아르바이트하는 것과 비슷하다고 생각합시다. 본가에서 생활비를 보내준다면 일하지 않아도 되지만, 그건 생활에 한정됩니다. 학창 시절을 구가하기 위한, 놀기 위한 돈이 필요하다면 일을 해야 합니다.

학생들이 어떤 일을 할 수 있는지 몇 가지 패턴을 준비합시다. 상점의 점원, 서비스 업무, 인프라 정비 등 다양한 일이 있을 겁니다. 학칙과 마찬가지로 조금 다른 일을 등장시켜도 재밌겠습니다.

관습

'학생들이 도시를 운영하고 생활한다.' 현실에서는 있을 수 없는 일이라서 상상하기 어렵겠지만, 이런 환경에는 어떤 관습이 있을까요?

학생답게 무슨 일이 있을 때마다 행사를 개최하는 것은 어떨까요? 대회를 개최해서 우승하면 도시의 통화나 우대 제도를 얻을 수 있다는 설정이죠. 학생들에게는 학업에 열중하는 자극이 될 것이고, 작가에게는 이야깃거리입니다.

이외에도 '수업 중에 몰래 편지를 주고받는다', '이벤트가 열리면 커플이 생기기 쉽다' 등 학생 고유의 관습이 있어도 재미있을 것입니다.

국민성

막힘없는 학창 생활을 보내려면 집단 속에서 지내는 방법에 초점을 맞춰야 합니다. '협력한다', '대화로 해결한다'라는 가치관을 공유하고 있으면 좋겠죠. 반면에 '땡땡이는 멋지고 강한 사람의 특권', '살짝 나쁜 짓은 들키지 않으면 괜찮다'라는 장난스러운 사고방식도 학원도시에서는 상식이 될 수도 있습니다. 단점도 외면해서는 안 됩니다. 미성숙한 나이기 때문에 음험한 생각을 가진 학생도 있을 겁니다.

음험한 사상이 전면에 드러나면 작품의 분위기가 망가지지만, 캐릭터 한 명에게 그러한 측면을 갖게 한다면 현실성이 살아납니다. 이야기의 에피소드를 만들 때도 폭이 넓어질 것입니다.

memo

p.162

경제	
학생의 생활	
학생들의 일	

문화	
관습	
국민성	

도시 · 학교의 역사	

학원도시 판타지 ★ 5 ★

✦ 도시 · 학교의 역사 ✦

도시와 학교는 어떻게 해서 생긴 걸까요? 도시가 생기고 학교가 설립된 것일까요, 학교가 발전해 도시로 확대된 것일까요? 무엇보다 어떻게 학생이 자치를 하게 되었을까요?

학교라면 설립자가 있을 것입니다. 어떤 목적으로 학교나 도시를 세웠는지 그 역사를 생각해봅시다.

도시가 태어나는 장소

도시는 사람과 물건과 정보가 모이는 장소입니다. 그래서 만남이 있고 다른 곳에서는 볼 수 없는 기술이나 도구, 물품이나 서비스가 있고, 특수한 직업이나 입장을 가진 사람이 있습니다. 이야기 안에서 특별한 사건을 일으키는데 적합한 장소입니다.

그런 역할을 하는 도시가 만들어지기 쉬운 곳이 있습니다. 우선 사람이 모이기 쉬운 장소여야 합니다. 큰길 옆이나 호수나 강가, 항구를 만들 수 있는 해안 등은 이동이 편리해 자연스럽게 사람이 모입니다. 길과 길이 교차하는 장소에 시장이 서게 되고, 그 주변에 집이 늘어나 도시가 형성되는 것도

자주 있는 일입니다. 또, 고명한 사찰이나 성지 등도 사람을 끌어당겨서 자연스럽게 도시를 형성하는 힘이 있습니다.

안전도 중요한 요소입니다. 강력한 영주가 다스리고 있거나 높은 성벽으로 보호받고 있거나 산이나 숲처럼 자연의 보호를 갖추고 있는 장소에는 사람이 모입니다. 특히 근대 이전의 세계에서는 야수나 무법자 등에게 습격당할 위험이 커서 자신의 생명이나 재산을 지킬 수 있는 장소에서 안정된 삶을 살고 싶다고 생각했습니다.

어떤 시설이 있는가?

도시라고 하려면 어느 정도 시설을 갖추고 있어야 합니다. 학교나 연구 기관은 어느 정도의 규모이며 어떤 시설이 있을까요? 학생의 생활에 필요한 상점이나 서비스는 얼마만큼 충실할까요? 자신이 그 도시에서 생활한다면 어떤 시설을 원하는지를 떠올리면서 적어넣어 봅시다.

작품에 모든 것이 등장하는 것은 아니지만, 여러분이 생각하는 도시의 이미지가 뚜렷해져서 현실성 있는 묘사를 할 수 있습니다.

문제·과제·우려

미숙한 학생이 자치를 하면 운영에 구멍이 생길 수밖에 없고, 학생회 멤버도 매년 바뀌어서 안정적이지 못합니다. 따라서 '전년도 운영은 제대로였는데 올해는 어설프네.' 같은 분위기가 형성될 수도 있습니다.

학교 쪽으로도 눈을 돌려봅시다. '요 몇 년은 재능있는 학생이 모이지 않는다', '수업이 너무 엄격해서 도시에서 도망치는 사람이 있다', '퇴학률이 높다' 현실에서도 충분히 있을 수 있는 문제이고, 이러한 문제가 발생해도 이상하지 않습니다.

학생들이 이런 문제를 어떻게 해결할까요? 어른에게 얽매이지 않는 낙원 같은 도시, 사실은 머리 아픈 일투성이일지도…

memo

p.163

어떤 시설이
있는가

문제
·
과제
·
우려

메모

신화의 엔터테인먼트성

우리가 쓰고자 하는 엔터테인먼트 소설의 조상 격인 존재로, 각지에 옛날부터 전해오는 '신화'가 있습니다. 신화는 인간이 세계 본연의 상태를 이해하기 위한 노력이었을 겁니다. 세계는 왜 시작되었는지, 생물은 어떻게 태어난 것인지 그런 의문을 신화를 통해 신들의 행동으로 설명합니다.

신화는 엔터테인먼트이기도 했습니다. 영웅이 괴물을 쓰러트리고, 아름다운 여인을 얻는 이야기에 사람들은 열광했습니다. 현재의 우리도 신들의 이야기에 친숙해져 있습니다. 신화의 등장인물들이 엔터테인먼트 이야기의 모티브가 되고, 게임의 무기나 기술 이름으로 사용되기도 합니다.

★ 대원수

스케일로 따지면 기독교의 성경에 기록된 신의 벌이나 묵시록도 엄청납니다. 일본에도 고사기, 일본서기에 기록된 일본 신화가 있습니다. 이자나기와 이자나미에 의한 나라 탄생이나 스사노오, 오오쿠니누시, 야마토타케루 같은 영웅들의 활약이 유명합니다.

오랜 시간에 걸친 신화는 실로 다양하고 풍부해서 활용되지 않을 수 없습니다. 스케일이 큰 사건도 심심치 않게 벌어집니다. 세계의 탄생과 종말, 인간은 바라만 볼 수밖에 없는 재앙 등이 그렇습니다. 장대한 이야기를 쓰고 싶다면 꼭 신화를 참고합시다.

★ 신화와 현대의 갭

신화는 오래된 이야기여서 그대로 현대에 적용하는 것은 어렵습니다. 주의해야 할 측면이 있습니다. 스토리 면에서는 현대인의 가치관과 일치하지 않는다는 것과 이 책의 핵심인 세계관 설정에는 합리성이 있어야 한다는 측면입니다.

신화적 세계관은 과장을 위해서 합리성이 결여된 경우가 많습니다. 주로 과한 숫자로 설명해서 받아들이기 힘든 설정들이 많습니다. 그래서 신화의 무기나 괴물 등의 본질만을 도입하거나, 혹은 '너무 신화적이라서 위화감이 있지만, 일부러 환상적인 분위기를 위해 이 설정을 사용하자' 등의 취사 선택을 합시다.

PART
3

창작 노트 샘플

5개 세계의 샘플 패턴을 준비했습니다.

각 패턴이 개성있는 세계가 되도록 연구했고,

그 세계관에 모순이 없도록 설정했습니다.

어떤 세계를 만들면 좋을지 생각할 때 참고해주세요.

샘플 해설

이세계 판타지

모티브는 중세 말기의 스위스입니다. 신성로마제국 합스부르크 가문의 지배로부터 독립하려고 하던 시기의 이미지이지요. 거기에 '마석'이라는 설정을 준비해 판타지 느낌을 내면서 지배에 반항하는 이유와도 연관 지었습니다. 또한 동서를 가로막은 산을 무대로 삼아 다양한 문화를 내보일 수 있도록 했으며, 교역 루트라는 점에서 다양한 캐릭터도 등장시킬 수 있습니다. 이렇게 해서 복잡한 전개에도 대응할 수 있도록 했습니다.

근미래 판타지

가까운 미래의 물건은 현재의 어떤 기술이나 사회 문제를 확장하는 편이 재밌습니다. 그리고 지금이라면 '사회적 거리 두기'만큼 사용하기 좋은 게 없습니다. 하지만 그저 질병을 원인으로 삼기에는 발상이 단순하므로 가능하면 이야기를 비틀었으면 합니다.
그래서 페로몬을 사용해서 '사람의 마음을 조작하는 건 허용되는가?'와 '너무 경계하면 교류가 사라지는 건 아닐까?'라는 테마를 파고들려고 했습니다.

현대 판타지

마법만 있는 현대는 재미없다고 판단해서 '이세계로부터의 침략'이라는 설정을 떠올렸습니다. 모티브는 애니메이션이나 특수촬영물과 관련이 깊은 장소여서 엉망진창이 되어도 받아들여질 수 있겠다고 생각하는 도쿄도 네리마구를 배경으로 선택했습니다. 그런 장소에서 무심? 뻔뻔? 하게 살아가는 사람들을 떠올렸지만, 변해버린 일상에 괴로워하고 고민하는 전개도 가능할 겁니다.

원미래 판타지

먼 미래이므로 SF답게 스케일이 큰 세계를 만들고 싶습니다. 그러나 단순히 스페이스 오페라(가까운 미래의 우주를 무대로 펼쳐진 SF 소설 또는 영화)같은 세계보다 재미있는 이야기를 쓰고 싶어서 테마파크라는 발상을 떠올렸습니다. 이런 패턴에서는 '폐쇄된 장소'나 '문명이 멸망한 후'로 설정하는 경우가 많지만, 일부러 같은 시대를 배경으로 설정했습니다. 그래야 '인간과 비슷한 생명을 이용하는 것은 윤리적으로 문제가 있다'라는 주제를 그릴 수 있기 때문입니다.

학원도시 판타지

시작은 학생들이 운영하는 장소로 설정하고 싶다는 생각에서였습니다. 하지만 학생=아이라서 아무래도 한계가 있었습니다. 그러다 '로봇이 있다면 괜찮지 않을까?'라는 생각으로 이어져 '거대 로봇 학교'를 설정해냈습니다. 판타지 요소도 넣고 싶어서 배경 장소에 비밀도 설정해보았습니다. 독특한 느낌의 설정이라고 생각합니다.

기반이 되는 나라	유럽(특히 스위스)
기반이 되는 시대	중세 말기

어떤 판타지 요소가 있는가?

마법과 몬스터가 있다. 마법은 자연에 존재하는 마나에 작용해 특별한 현상을 일으킨다. 몬스터는 마나가 치우쳐서 태어나며 마법에 취약하지만, 물질화되어 있어서 보통 무기에도 피해를 입는다. 인간에게 몬스터란 '퇴치 시 마석을 주는 생물' 그 이상 이하도 아니다.

마나를 다루는 효율과 최대량은 재능에 의해 좌우되지만, 마나가 결정화된 '마석'을 소비함으로써 재능이 없어도 어느 정도의 마법을 사용할 수 있다.

충분한 마석과 이를 다룰 수 있는 마법사의 수를 갖춘다면 토지를 대규모로 개간해 넓은 밭을 만들거나, 철광석으로 대량의 무기를 만들어 내는 등 국력을 증강할 수 있다. 결과적으로 소국이라도 마석 광맥을 발견하면 단숨에 세력을 확장한다거나 마석 광맥이 말라버렸다는 소문만으로도 국내 정세가 불안정해지는 일이 생긴다.

특히 최근에는 마석을 에너지원으로 하는 마석 기계의 발명 및 보급이 진행되어 대량의 양질의 마석을 누가 손에 넣느냐에 따라서 국제 정세와 지역의 명운이 좌우될 수 있다. 그래서 각 나라는 마석 광맥을 찾으려 하고, 그 위치를 숨기거나 지키려 한다.

국가명	브란 자치국
국가의 넓이	만 제곱킬로미터(실제 스위스와 거의 같다)
인구수	200만 명 전후

이세계 판타지 ★ 2 ★

지형	대륙 중앙부와 동부 사이에 브란 산맥이 가로놓여 있다. 그 주변 지역에 위치하며 예부터 교통의 요충지이다.
기후	몹시 한랭하고 적설량이 많다.

종교 · 신앙	브란의 산들을 신격화하는 고대 신앙도 있었지만, 현재는 대륙에서 널리 믿는 유일신이 지배적이다.

국민의 계급	자치구 네에시 신분의 차이는 없지만, 종주국인 게일 제국의 인간이 실질적인 귀족 계급이다.
정치	자치구 안에 7개의 주가 있고 각각을 유력자가 합의적으로 운영하고 있다. 그러나 그들에게 주어진 자치권은 매우 약해서, 각 주에 파견된 제국 감독관들의 눈치를 봐야만 한다.

타국 · 다른 지역과의 관계	
이웃 나라	서쪽으로는 게일과 스파다, 동쪽은 국가연합과 인접해 있다.
동맹(게일)	브란의 종주국, 지배자.
적대(스파다)	게일 제국의 라이벌이며 이권을 둘러싸고 자주 침입해 온다.
교류(동방지역)	교역으로 연관된 국가연합에게서 은밀한 지원을 받고 있다.
그 외	자연적으로 발생하는 몬스터가 다른 지역보다 많아서 사람들이 고통받고 있다.

기술	
전기	없음(마석 기계가 일부 대체)
수도	없음
가스	없음(마석 기계가 일부 대체)
교통수단	말이나 마차. 극히 일부에 마석을 이용한 차나 열차, 비행 기계도 나오고 있다.
교통로의 정비	큰길은 상당히 잘 정비되어 있고 몬스터 대책도 잘 수립되어 있다.
건축	석조
기계 기술	마석 덕분에 일부는 근세 수준
과학	기본적으로는 중세 수준
의료	마법 치료는 상당히 발전했으나 고가이며 희귀하다.

음식	
수확할 수 있는 작물	밀이나 버섯 재배 및 목축이 번성했다.
조리법	생활이 어려워서 주로 소박한 조리법이 많다.

언어	지배국인 게일 제국어가 거의 침투했다.
문해율	꽤 높다.
교육 제도	체계화된 제도는 없고, 부모나 그 직업의 장인으로부터 직업 훈련을 받는 정도다(마법사도 일종의 기술자화 되어 있다). 고도의 교육을 원하는 사람은 다른 지역으로 유학한다.

경제	동서를 잇는 길 부근은 옛날부터 교역이 번성해 왔다. 그러나 그 길에서 벗어난 지역은 인구도 적고 경제도 발달하지 않았다.
산업	예로부터 가장 주된 산업은 동서를 연결하는 교역. 광산도 중요한 산업이지만, 산악지대가 많아 대규모 개발은 어려웠다. 근년 들어 산악지대에서 마석 광산이 발견되어 제국의 주도로 대규모 개발이 진행되고 있다. 그러나 그 수익은 대부분이 제국의 몫이며 자치구 사람들은 강제 노동에 동원되는 일이 많다.
주요 일자리	큰길에 있는 시장과 광산이 주. 농업과 목축은 각 촌락에서 소규모로 하고 있다. 죽음을 두려워 않는 무력이 있는 자들은 큰길이나 마을을 몬스터로부터 경비하는 일에 종사한다.

문화	
풍습	대륙 중앙(유럽풍)과 동방(아시아풍)의 풍습이 섞여 있다. 특히 부자라면 중앙의 와인과 동방의 향신료를 모두 즐기는 호화로운 생활을 한다.
국민성	본래는 좁은 지역별로 모여 살아서 고립성이 높은 민족이다. 그러나 최근에는 제국에 반하고자 민족 전체가 뭉치려는 의식이 강해지고 있다.

나라의 역사	고대부터 이 지역에 통일된 국가가 성립한 적은 없다. 산속 어느 정도 개방된 곳에 촌락이 여기저기 흩어져 있으며 동서를 잇는 길을 따라서 큰길도 생겼지만, 통일국가가 되지는 못했다. 그 대신 관대한 연합체가 있어서 시대마다 존재한 주변 유력국가를 신하로서 따르고 있다. 그러나 현재의 종주국인 게일 제국은 동방 제국과의 교역 이익만을 바라고 전례 없이 억압했고, 그것이 마석 광맥 발견으로 가속화된 결과, 각지에 반제국 세력을 형성하는데 이르렀다.

특색	세계의 특색은 '마법이 있고, 마석에 의해 지탱되고 있다'는 것이다. 지역의 특색은 '평지가 적고 산이 많으며 두 개의 커다란 지역 사이에 있어서 강대국에 지배당하고 있다'는 것이다. 이 두 가지 요소가 겹쳐진 결과, '마석 생산을 위해 혹사당하는 사람들의 반항'이라는 이야기가 떠올랐다.
문제 · 과제 · 우려	가장 큰 문제는 게일 제국의 지배다. 제국은 주변 지역에서 가장 큰 국가이며 게다가 브란 자치구에서 얻을 수 있는 이익이 커서 현지인들이 원해도 독립은 쉽지 않다. 또 다른 문제로 자치구의 사람들은 단결력이 좋지 않다. 독립에 대한 각자의 기질이 다르고 중앙의 영향이 강한 유럽적인 사람도 있고, 동방의 영향이 강한 아시아적인 사람도 있다. 다른 나라의 도움을 받으려는 사람도 있고, 어디까지나 자치구의 힘만으로 싸워 이기려고 하는 사람도 있다.
메모 (지금까지 쓴 항목 이외에 뭔가 있으면 써넣자)	이 설정 단계에서는 '이 세계의 마법은 어떤 것인지', '마석은 어떤 식으로 사용되는지', '마석을 이용한 과학이나 기계는 어떤 것인지'를 아직 구체적으로 정하지 않았다. 실제로 이야기를 쓰려면 디테일한 설정을 채우지 않으면 재미없을 것이다. 또한 마석은 현실의 역사에서 석유나 석탄을 모티브로 삼고 있다. 세세한 설정을 보다 리얼하게 하거나 작중 묘사를 진중하게 하고 싶다면 이러한 실제 에너지원의 역사도 제대로 조사하는 것이 좋다.

기반이 되는 나라	현대 일본

무엇이 달라졌는가(얼마나 기술이 발전했는가/퇴화했는가)

50년 후, 인류는 페로몬으로 생물의 감정을 조종할 수 있게 되었다(지구 환경의 변화로 인간은 벌레나 짐승에게 잦은 습격을 당했고, 그 대책으로 진화했다).

조종할 수 있는 건 [좋아/싫어, 화낸다/슬퍼한다] 정도의 감정이며 인간 상대로는 큰 영향이 없다. 그러나 과하게 두려워하는 사람이 많아서 '인간의 감정을 조종하는 건 실례', '페로몬이 닿지 않는 거리에서 만들어진 관계가 진정한 인간 관계'라는 가치관이 퍼지고 말았다. 그 결과로 커뮤니케이션은 인터넷에서 주로 이루어지고 있다.

외출할 때는 페로몬을 막는 마스크나 대응 슈트를 착용한다. 그 외에 사회 정세나 기술 등은 자연스러운 시간에 따른 발전은 있어도 극적인 변화는 일어나지 않은 것으로 한다. 로봇이나 인공지능이 보급되긴 했지만, 인류가 우주에 진출하는 등의 발전은 없다.

어디까지나 세계 설정의 기준이 되는 것은 인류가 페로몬으로 감정을 조종할 수 있게 되면서 대면 커뮤니케이션이 사라졌다는 것과 그로 인해 사회에 적지 않은 변화가 생겼다는 것이다. 기술 관련한 것은 세계 설정의 메인이 아니다.

미국, 중국, 유럽 등의 주요 국가도 그대로 두어서 독자의 관심이 주제에서 벗어나지 않도록 친근감을 느끼게 한다.

국가명	일본
국가의 넓이	변함없다
인구수	8,000만 명(저출산이 진행됨)

지형	현재와 동일하다. 다만 도쿄를 포함해 각 도시의 인구가 줄고 밀집도도 줄었다.
기후	더욱 아열대 기후에 가까워졌고 게릴라성 호우도 자주 내린다.

종교 · 신앙	현재와 마찬가지로 일본 고유의 전통 신앙 · 불교 · 기독교 등 다양하다.

국민의 계급	현실의 일본과 마찬가지로 법률상 존재하지 않는다. 다만 무슨 일이 있어도 타인과 멀리 떨어지지 못하는 직업이나 빈곤층이 차별의 대상이 되기도 한다.
정치	민주주의. 선거 등 다양한 행정 절차는 온라인으로 할 수 있게 되었다.

타국 · 다른 지역과의 관계	
이웃 나라	관대하고 우호적인 나라와 적대적인 나라가 있다.
동맹	미일 동맹 외 우호 관계는 대체로 건재하다.
적대	페로몬을 지배에 이용하는 일부 국가와는 적대 관계다.
교류	정치도 경제도 온라인 회담이 주를 이룬다.
그 외	

기술	
인프라	현재와 크게 다르지 않다. 인터넷 환경은 충실해졌다.
교통수단	전철과 비행기, 버스 등은 쇠퇴했다. 자가용과 택시는 건재하다.
교통로의 정비	외출할 필요가 있는 사람들을 위해 자동차 도로는 건재하다.
건축	클린룸과 개인실이 많다.
기계 기술	텔레프레전스(원격 현실) 등 로봇 기술이 진보했다.
과학	진보는 있지만, 사람과 사람 사이의 커뮤니케이션이 줄어든 탓인지 예상한 만큼의 진보는 볼 수 없다.
의료	페로몬 억제제 연구가 진행되고 있다. 운동이 줄어서 생활습관병도 과제에 올랐다.
그 외	페로몬을 자유자재로 다루는 기술을 오컬트 방면에서 찾는 사람도 있다.

음식	
수확할 수 있는 작물	페로몬 효과로 가축의 번식이 활발해지고 있다. 일부 사람들은 그것을 동물 학대라고 비난한다.
조리법	현재와 크게 다르지 않다.

언어	일본어 그대로(페로몬 응용으로 간단한 의사소통 가능).
교육 제도	원격 수업, 가상 공간에서의 수업이 충실하도록 설정했다.

경제	단카이 세대(2차 세계대전이 끝난 후 태어난 일본의 베이비 붐 세대를 뜻하는 말. 1970년대와 1980년대 일본의 고도성장을 이끈 세대)처럼 인구를 늘린 세대가 세상을 떠난 결과, 인구가 줄어들었고 경제 규모도 작아졌다. 하지만 인구에 따른 연령층의 불균형 문제가 어느 정도 해결되면서 고령화 문제가 안정권으로 접어들며 경제가 안정되었다.
산업	소규모 상점 및 점포형 음식점은 감소했다. 관광업은 원격으로 옮겨갔다.
주요 일자리	원격으로 일하는 것이 가속화되었다. 에센셜 워크(사람들이 일상생활을 보내는데 빼놓을 수 없는 일. 구체적으로는 의사, 간호사, 농업, 소매, 판매, 통신, 대중교통기관 등을 가리킨다.)에서도 원격 조작 로봇이 사용되고 있다.

문화	
풍습 · 현재의 유행	사람을 접할 기회가 줄어들어 리얼한 패션은 쇠퇴했지만, 가상 세계에서 더 독창적인 패션이 모색되고 있다.
국민성	현대 일본인과 크게 다르지 않지만, 사람을 대하는 것이나 자신의 내면을 드러내는 것을 두려워하는 사람이 더욱 많아졌다.

나라의 역사	20년 정도 해충이나 짐승의 습격이 계속되다가 점차 피해가 줄어들었다. 연구 결과 페로몬 체질의 젊은이가 증가하고 있는 것으로 나타났고, 작품 속 현재에는 거의 전부가 페로몬 체질이다.

근미래 판타지 ★5★

특색	인간이 페로몬으로 감정을 조작할 수 있다. 사고의 제어는 불가능하며 명령도 할 수 없다. 거리를 두면 효과가 극적으로 줄어들기 때문에 사회적 거리두기를 철저히 지키려 한다.
문제 · 과제 · 우려	직접적인 커뮤니케이션의 저하로 사회 자체의 활력이 심각히 줄어들고 있는 것은 아닌지 우려되고 있다. 이대로 인류는 멸망하는 걸까? 아니면 새로운 세상을 열 수 있을까?
메모	유독 페로몬이 강력한 사람도 있고, 페로몬을 내뿜을 순 없지만 영향도 받지 않는 사람이 있다. 이러한 설정은 배틀물, 이능력물에서 사용할 수도 있다. 그러나 여기서는 청춘물이나 직업물 등을 약간 신비한 설정으로 꾸미기 위한 것으로 SF 세계다운 설정을 하는데 그친다.

현대 판타지 ★ 1 ★

기반이 되는 나라	현대 일본(도쿄도 네리마구)

현재와 무엇이 다른가?

다수의 이세계로부터 침략을 받고 있는 상태. 어찌어찌 공격을 잘 막아내고 있다.

이세계인들은 ①세력 범위의 확대 ②고갈된 에너지의 보충 ③신기술 획득 ④이주 등 다양한 사정으로 지구를 침략했지만, 지구의 물리법칙이 너무나 독특해서 원활한 활동을 할 수 없다. 이 문제를 해결하기 위해서 이세계들이 협력했고, 특정 장소만 법칙을 바꾸어 그곳을 기점으로 침략하려 한다. 그곳이 일본 도쿄의 '네리마구'이다.

네리마를 무대로 이세계 세력의 공격이 시작되었으나 지구인도 가만히 당하고 있지는 않았다. 지구의 각 나라가 이세계의 기술을 해석하고, 특수한 법칙(마법)의 사용자들을 파견해 네리마에서 이세계 세력과 격렬한 전투를 벌였다. 네리마구는 이렇게 매우 위험한 지역이지만 주민들은 의외로 이 상황에 순응한 상태이다.

결과적으로 지구는 침략을 받아 위험한 상황이지만, 새로운 기술과 가치관이 유입되며 다양한 상황 변화에 의해 상업적 기회나 벼락부자가 될 기회를 찾는 사람도 많아졌다. 따라서 전반적으로 지구인에게 활기가 생겼다.

국가명	네리마구(도시 이름)
국가의 넓이	현실의 네리마구와 같지만, 일부는 시공간이 왜곡되어 있다.
인구수	80만 명 (나가는 사람도 많지만 들어오는 사람도 많아서 약간 증가)

현대 판타지 ★ 2 ★

지형	도쿄도 23구 중 하나인 네리마구 그대로
기후	기본적으로 사계절이 있지만, 가끔 이상 기후가 발생한다.

종교 · 신앙	현재 익히 알고 있는 기본적인 종교 그대로. 침략해 온 세계의 종교를 받아들이는 사람도 있다.

국민의 신분	이 곳의 수민들은 원래 살던 사람들이다(다른 세계의 영향을 받아 모습이 변한 사람도 있지만, 국적은 인정된다). 우호적인 이세계인은 외국인으로서의 권리가 인정된다. 이세계 쪽에 가담하여 지구를 배신하는 사람도 있고, 사로잡혀서 노예가 되기도 한다.
정치 · 법률	법률적으로 '도쿄도 네리마구' 그대로라서 일본에 의한 통치가 계속되고 있다. 그러나 곳곳에 이세계의 영향력이 강한 침략기점이 있어서 일본의 지배력이 미치지 못하는 구역도 있다. 이처럼 혼란한 상태이기 때문에 네리마구로 도망쳐오는 범죄자도 있다.

타국 · 다른 지역과의 관계	
이웃 나라	사실 반드시 적대적이라고 할 수는 없다.
동맹	이세계의 침략을 경고한 망명자들
적대	침략 국가
교류	거래를 원하는 사람
그 외 (지구의 국가)	몰래 스파이를 보내는 나라도 있습니다.

기술	
인프라	대체로 현대 그대로이다.
교통수단	원래 교통수단에 추가적으로 말이나 공룡, 비행 기계 등 이세계에서 유래한 것도 사용한다.
교통로의 정비	싸움 때문에 망가지기도 하지만 대체로 곧 정비된다.
건축	다른 세계에서 유래한 신기한 건물이나 비정상적인 속도의 복구 기술이 보급되었다.
기계 기술	독자적인 기계 기술을 가진 세계의 영향도 받고 있다.
과학	마법과 융합된 과학 연구가 진행되고 있다.
의료	회복 마법 덕분에 중상자 치료는 다른 지역보다 효과적이다.
판타지 설정에 의한 기술	마법, 마법과 융합된 과학, 인형 로봇, 가축으로서의 공룡 등 각 세계에서 초래된 기술이 사람들의 생활 속에 녹아들고 있다.

음식	
수확할 수 있는 작물	원래 있던 밭에 이세계에서 넘어온 작물(자유로이 움직이는 식물도 있다)을 중심으로 재배하고 있다.
조리법	지구의 조리법이 높은 평가를 받아서 지구 요리에 매료된 이세계인이 많다.

언어	일본어 그대로 사용한다.
교육 제도	대체로 일본 그대로이다. 다만 우호적인 이세계인이나 모습이 바뀌어버린 지구인을 받아들이기 위해 소규모 클래스 등 유연한 운용이 이루어지게 되었다.

p.098

현대 판타지 ★4★

경제	대체로 일본 그대로다.
산업	기존 산업에 추가로 이세계에서 유래한 산물을 생산하거나 독자적 기술을 연구한다. 네리마에서만 동작하는 기술도 많아서 네리마 특유의 기술산업이 되었다.
주요 일자리	기본적으로는 일본 그대로이지만, 특수한 능력이나 기술을 활용해 이세계의 침략자와 싸우거나 그 뒤처리를 한다.

문화	
풍습 · 현재의 유행	이세계에서 유래한 패션이나 게임 등이 유행하고 있다.
국민성	일본인 본래의 국민성을 바탕으로 주민들이 뻔뻔해지고 있다. 테러가 시작되면 대피하고, 끝나면 다시 생활을 시작한다. 온건파에 해당하는 이세계인이라면 친구를 맺기도 한다.

나라의 역사	이세계 침략이 시작된 건 3년 전. 처음엔 혼란이 가득했지만, 이제는 일상이 되어버렸다. 일본은 네리마로 인한 큰 이득을 유지하면서도 대규모 전쟁은 피하고 싶어서 '적당히 말로 타협하자'는 태도를 보인다. 꽤나 많은 시민이 테러를 피해 네리마를 떠났지만, 따지고 보면 소규모의 특정 지역에서만 일기토 형식의 전투가 벌어져서 큰 피해가 발생하진 않는다. 법칙이 바뀐 탓에 네리마에서만 가능한 연구 등이 있어서 일자리가 많아졌기 때문에 유입되는 사람도 많다. 일본에서도 네리마에서 벌어지는 일을 과장하고 싶지 않아서 무리한 피난을 권장하지 않는다.

p.101

현대 판타지 ★ 5 ★

특색	현대 일본을 바탕으로 여러 문명이나 가치관이 혼재되어 있다.

문제 · 과제 · 우려	네리마에 남은 시민들의 정신력이 강하다. 교착 상태이긴 해도 전투가 계속되고 있어서 피해자가 적지 않게 발생하고 있다. 이런 상황을 문제라고 생각하는 사람도 다수 존재한다. 　침략자 측은 지지부진한 상황이 탐탁지 않아서 다른 지역으로의 침략이나 네리마의 파괴 등을 고려하고 있다.

메모	주요 침략자는 다음과 같다. • 알카라 제국(과학과 마법을 융합한 침략 국가) • 드라간(공룡과 공존한 야생인들. 고향을 구할 수단을 찾고 있다.) • 돌스(원래 주인을 몰살시킨 폭주 기계) • 에스파다(고향 세계를 잃은 방랑 검사들) • 켄엔테크놀로지(적대 관계에 있는 지구와도 거래하는 상업 국가)

원미래 판타지 ★ 1 ★

기반이 되는 무대 중세~근세 유럽 및 테마파크

무대의 상세 설명

먼 미래, 인류는 우주로 진출해 여러 다른 행성인과 접촉했고, 대규모 성간연맹의 일원으로 활동하고 있다. 이 시대의 지구인이 특기로 삼은 것은 엔터테인먼트. 특히 판타지 장르가 크게 히트하여 "지구인? 판타지!"라고 할 정도이다.

지구에서 만들어진 대기업이 회사의 운명을 걸고 거대 리조트&테마파크인 '판타지랜드'를 오픈했다. 어느 행성의 큰 섬 하나를 통째로 판타지 세계로 만들어버렸다.

판타지랜드에는 번식할 수 있는 생체 로봇들이 산다. 농작물을 키우고 몬스터를 두려워하며 사랑을 통해 아이를 만들고 죽는 평범한 생물의 삶을 산다. 그들은 자신들의 삶이 '관람'을 위해 만들어진 구경거리라고 생각해 본 적이 없다. 개장한 지 300여 년인 판타지랜드. 지금도 우주 각지의 행성인이 찾아와 이들의 삶을 관람하지만, 로봇 주민들은 알아차리지 못한다.

SF이면서 판타지인 미묘한 부분에 있는 세계 설정이다. SF 측(판타지랜드 운영사)과 판타지 측(섬에 사는 주민들)은 서로 관련되어 있지만, 한편으로는 다른 세계의 주민이기도 하다.

무대명	알테마 섬(판타지 랜드)
무대의 넓이	일본의 혼슈 정도의 넓이
인구수	500만 명

지형	약간 찌그러진 원형의 섬. 산과 계곡과 초원과 숲과 늪지와 큰 강이 있다. 섬 안에서 기후의 차이가 있는 편인데 모험을 고조시키기 위함이다.
주위 환경	바다 건너에 실제 도시가 있지만, 섬 주민들은 바다 건너에 아무것도 없다고 믿는다. 에너지 필드가 섬을 둘러쌓고 있어서 건너편이 보이지 않고 빠져나갈 수도 없기 때문이다.

종교 · 신앙	선한 신과 악한 신이 대립하는 신화를 가진 다신교를 믿는다. 신의 이름은 판타지랜드 주요 직원의 이름에서 따왔다고 한다. 장수하는 종족 출신 중에는 아직 판타지랜드 운영에 참여하고 있는 사람도 있다.

국민의 계급 / 신분	섬은 왕국이 통치하며 귀족제도가 있다. 인간과 적대하는 마족이 있고 그들에게도 왕과 귀족이 있다. '신사'라고 불리는 사람들도 있는데, 이들은 판타지랜드 관리자로 손님들이 위험한 일을 당하지 않도록 지켜보는 역할을 한다.
통치 / 운영	인간 왕국과 마족 왕국은 각자의 세력을 바탕으로 전쟁 중이다. 판타지랜드 운영회사는 연간 수백만 명의 고객을 섬 안으로 들여보내 안전하게 리얼한 모험을 즐기게 한다. 또 섬 주민들이 진실을 알게 되거나 너무 발전하지 않도록 관리한다.

다른 지역과의 관계	
가까운 지역(섬 밖)	운영회사의 특별한 이동 수단(지하 터널)으로만 오갈 수 있다.
동맹	특별히 없다.
적대	인간 왕국과 마족 왕국은 전쟁 중이다.
교류	특별히 없다.
그 외(운영)	섬의 모든 것은 운영회사가 통제한다.

p.110

원미래 판타지 ★ 3 ★

기술	
전기	섬에는 없다.
수도	고대 로마제국풍으로 수도시설이 정비되어 있다.
가스	섬에는 없다.
이동 수단	도보와 말이 기본이지만, 마법의 워프 게이트가 있다(기술 자체는 미래의 진보한 테크놀로지에 의한 것이다).
교통로의 정비	고대 로마제국풍으로 길이 정비되어 있다.
건축	중세~근세 유럽풍의 건물이 주를 이루지만, 손님을 위한 근미래적인 건물도 있다(현지 주민들은 이상하게 생각하지 않는다).
기계 기술	중세~근세 수준. 다만 섬 밖은 원미래 수준이다.
과학	섬 밖은 워프, 핵융합, 클론 등 과학 기술이 매우 앞서 있다.
의료	회복 마법이 보급되어 있다.
독자적인 기술	마법이 있지만 그 정체는 원미래의 과학 기술이다. 불꽃을 만드는 등의 무에서 유를 만드는 몇 가지 행위가 가능하다. 설정상 마법은 신에게 받은 도구를 이용해야만 한다. 고객은 최고 수준의 도구를 받는다.

음식	
수확할 수 있는 작물	만들어진 곳이므로 다양한 행성의 작물이 존재한다.
조리법	마찬가지로 다양한 레시피가 존재한다. 방문자(고객)에게서 배우기도 한다.

언어	섬의 주민도 우주 공통어로 이야기한다.
교육 제도	조금 부자연스럽지만 어쨌든 학교가 있어서 고객이 판타지 세계에 있는 학교의 학생으로도 지낼 수 있다.

p.113

경제	중세~근세 유럽 정도다.
산업	중세~근세 유럽 정도다.
주요 일자리	농업, 상업, 장인 등. 장인이나 상인은 갑작스러운 제자를 받아들이는 문화가 있다(고객이 체험할 수 있도록).

문화	
풍습	중세~근세 유럽을 재현하면서 바깥 세계의 인간만이 알 수 있는 패러디 등이 은밀하게 숨어있다.
국민성	섬의 주민들은 대부분 온화하며 방문자를 환영한다. 한편, 외부의 행성인들은 인공적으로 만들어진 세계에서 모험하는 것에 그다지 죄책감을 느끼지 않으며, 주민을 애완동물 정도로 보고 있는 사람도 많다. 꼭 차별적이라고 할 수는 없으며 모습이 다른 다양한 종족이 공존하기도 한다.

무대의 역사	1,000년에 걸쳐 인간과 마족이 싸우고 있다는 것이 섬의 주민들이 믿는 역사다. 실제로 섬이 만들어진 것은 300년 전으로, 700년의 역사는 조작된 것이다.

원미래 판타지 ★ 5 ★

| 특색 | 머나먼 미래의 기술로 만들어진 판타지 세계. 이 세계의 모든 환상적인 설정(마법, 몬스터, 특별한 자연현상)은 모두 SF적인 과학으로 설명된다. 미래 기술로 설명할 수 없는 신비한 현상(진짜 신이라든지)은 없다. |

| 문제
·
과제
·
우려 | 두 가지 문제가 있다. 하나는 섬의 진실을 깨달은 섬의 주민이 나타나는 것이고, 다른 하나는 판타지랜드의 인기가 떨어져 경영에 어려움이 생기는 것이다.
　회사는 파산하거나 섬에 큰 문제가 발생하면 섬 자체를 파괴할 계획을 갖고 있다. 그 세계의 법률로는 섬 주민은 인간이 아니라서 섬째로 몰살해도 문제가 없다. |

| 메모 | 테마파크(섬)의 구조나 이벤트, 고객에 대해서 구체적으로 생각해보자. 섬의 역사도 상상해서 세계와 섬의 연표가 서로 영향을 미치도록 세계관을 설정하면 더욱 재밌을 것이다.
　섬 주민에게는 세계의 위기가 되는 이벤트여도 테마파크 입장에서는 계속 반복되는 매너리즘에 빠진 이벤트일 수 있다.
　설정을 더 복잡하게 만드는 방법도 생각해보자. '진짜 마법이나 기적'은 없다고 설정했지만, 섬 안에서 생겨난 판타지 요소와 뒤섞인 '진짜'가 존재한다는 설정도 괜찮을 수 있다. |

학원도시 판타지 ★ 1 ★

무슨 학교인가	로봇 학교

학교의 이모저모	
어떤 땅인가	거리 / (섬) / 그 외
다니는 학생	초등학생 / 중학생 / 고등학생 / 대학생 / 전문대생 / (그 외(고등 전문학교 학생))
구체적으로 무엇을 배우는가	10미터급 거대 로봇(특수 기계)의 제조 · 정비 · 조종
몇 년 동안 다니는가	5년
입학 조건	희망하는 사람이라면 누구나. 다만 수험 난도는 높다.
졸업 조건	졸업시험 난도가 높아 유급하여 영구 정착하는 사람도 많다.
주요 진로	로봇제작기업, 운용기업으로 취업. 공무원이 되는 사람도 많다.
학비	국가연합이나 특수기계 관련 기업의 학비 지원이 있어서 매우 저렴하다.
장학생 제도의 유무	있다. 대부분 강사와 겸임한다.

도시 / 학교 이름	하테섬 / 특수기계 고등전문학교
넓이	50제곱키로미터 안팎
인구수	3만 명(그중 학생 1만 명, 강사와 사무원 500명, 나머지는 현지 주민)

지형	일본 이즈제도 근처의 외딴섬
기후	아열대 기후로 종종 태풍이 분다.

종교 · 신앙	현지 주민이 독자적인 종교를 가지고 있고 학생 중에서도 감화된 사람이 나름 있다.

주민의 계급	현대 일본과 같다.
통치	섬 자체는 도쿄도의 자치 단체. 학교는 국가연합의 전문기관인 '국제특수기계기관'의 관리하에 있고 지주가 빌려준 토지에 세워져 있는 형태이다.
학교와 학생의 관계	기본적으로는 일반 학교이지만, 위기 상태에는 학교의 지휘하에 들어가는 계약을 맺고 있다.

학칙	학칙의 큰 기둥으로 '특수기계기술을 허가 없이 가지고 나가지 않는다', '출입 금지 지역에 허가 없이 들어가지 않는다'가 있다. 　후자에 관해서는 특수기계가 위험한 존재이며 학생의 안전을 지키기 위해서라고 설명하지만, 어쩐지 학생에게 숨기고 싶은 비밀이 있는 것은 아닌가 의심하는 사람이 많다.

p.125

기술	
인프라	현대 일본의 도시 지역과 비슷하다.
교통수단	버스와 특수기계 제조기술을 응용한 자동차나 오토바이.
교통로의 정비	학교 안은 도시 지역과 비슷한 수준으로 정비되어 있다.
건축	학교는 근미래적, 주민들이 사는 지역은 전통적 건물이다.
기계 기술	특수기계 관련 기술을 중심으로 20년은 앞서 있다.
과학	특수기계 관련 기술을 중심으로 20년은 진보했다.
의료	특수기계에 의한 사고도 잦기 때문에 병원도 충실하게!
독자적인 기술	거대 로봇 = 특수기계

음식	
수확할 수 있는 작물	특수기계를 이용한 대규모 농업과 어업으로 자급자족하나 외부에서 들여오는 품목도 있다. 고기는 비싸서 생선만 가득한 식사를 지겨워하는 학생이 많다.
조리법	현대 일본과 같다.

다른 지역 · 조직과의 관계	
가까운 지역(일본)	일본의 일부이지만 치외법권인 장소
동맹 / 적대 / 교류	전 세계 8곳에 특수기계 학교가 있고, 라이벌 관계이다. 기술 교류도 행해진다.
그 외(현지주민)	학교에서 이익을 얻는 사람도 있고 반감을 가진 사람도 있어서 미묘한 관계다.

p.128

학원도시 판타지 ★4★

경제	학교 내 생활, 경제활동은 '학생이 아르바이트하는 기업', '학생이 설립한 기업'에 의해서 상당 부분 해결되고 있다. 학교가 거의 일반 도시화 되어있다.
학생의 생활	수업 외에 실습이나 졸업 작품을 위한 특수기계 제작, 혹은 기계조종 토너먼트 시합 등에 소요되는 시간이 많다.
학생들의 일	아르바이트나 본업으로 학교나 도시 운영에 종사하는 학생이 많다.

문화	
풍습	현지 주민에게는 독자적인 풍습(종교, 축제)이 있다. 또 현대 과학을 경계하는 고령자도 많다. 학생들은 거의 현대와 같으며, 로봇 애니메이션 팬이 많다.
국민성	현지 주민은 전통을 지키려 하지만, 젊은 현지인들이 학생들에게 감화되고 있다. 학생들은 좋든 나쁘든 현대의 젊은이. 학생 중에는 이렇게 특수한 환경으로 진학한 도전 정신을 보여주는 사람도 있다.

도시 · 학교의 역사	20여 년 전, 대형 로봇 기술을 배우는 학교가 세계 각지에 갑작스레 출현했다. 이 학교는 그중 하나로, 현재까지 수많은 기술자를 배출해오고 있다. 　섬 자체는 에도 시대에 개척되어 들어가 살기 시작했다고 한다. 개척 이전부터 현지 주민이 있던 것 아니냐는 학설도 있으며 이에 따라 고고학 발굴조사가 진행되고 있다.

p.131

어떤 시설이 있는가	현대 도시에 있는 시설을 대부분 볼 수 있다. 성인이 된 학생도 상당수 거주하고 있어서 환락가도 있다. 학교 건물과는 별개로 실습을 위한 광대한 훈련장도 확보되어 있으나, 평소에는 출입이 금지된다. 훈련장 안에 수수께끼의 고대 유적이 있다는 소문이 끊이지 않고 전해진다.
문제 · 과제 · 우려	전 세계에 특수기계가 보급되면서, 특정 장소(학교)와 그 외의 장소에서 발휘되는 성능의 차이가 있다는 수수께끼가 제기되고 있다. 학교 외에서도 일반적인 중장비나 전차 등과는 비교할 수 없는 성능이지만, '수수께끼는 수수께끼'라며 학교에 어떤 비밀이 있는 것은 아닐까 이야기되고 있다. 실제로 이러한 의심은 사실인데, 특수기계 기술 자체가 학교 부지에 있는 고대 유적에서 발견된 것이며 유적에서 뿜어져 나오는 에너지가 기계 성능에 영향을 주고 있다. 또, 학교와 현지 주민 사이에 은밀한 감정적 대립이 있어서 갈등의 씨앗이 될 수 있다. 자신들의 터전에 새로운 사람들이 유입된 것, 일부 주민만이 학교로부터 이익을 얻는 것 등의 불화가 주요 이슈이다.
메모	실제 세계관을 창작하기 위해서는 세세한 수업이나 클래스 배정, 로봇의 종류 등 상세한 부분도 설정하자. 샘플 설정에는 포함시키지 않았지만, 세계관의 주요 설정인 로봇이 어떤 모습을 하고 있고, 무엇을 할 수 있으며, 무엇을 할 수 없는지 등 세세하게 설정하자. 디테일이 없으면 로봇을 좋아하는 독자의 기대에 부응할 수 없다.

에노모토 아키

문예 평론가. 여러 곳에서 강사를 맡고 있으며 작가 사무소도 운영하고 있다. 본명인 후쿠하라 토시히코로 대하 소설도 집필하고 있다.

주요 저서

《라이트 노벨 신인상 받는 법(ライトノベル新人賞の獲り方)》, 종합과학출판

《엔터테인먼트 소설을 쓰고 싶은 사람을 위한 올바른 일본어(エンタメ小説を書きたい人のための正しい日本語)》, DB재팬

도리이 아야네

도서 편집이 특기지만 집필도 하고 있다. 토호학원 영화전문학교와 전문학교 일본만화예술학원에서 강사를 맡고 있다. 본명인 이리에 나쓰메로 소설도 집필했다.

주요 저서

《보잘것없는 그림이라는 말을 듣지 않기 위한 일러스트 구도의 생각(つまらない絵と言われないためのイラスト構図の考え方)》, 슈와시스템

주요 참고 문헌

《도해 잡학 종교(図解雑学 宗教)》 이노우에 준고 저, 나츠메사

《종교를 알 수 있는 사전(宗教がわかる事典)》 오시마 히로유키 저, 일본실업출판사

《일본어 대사전(日本国語大辞典)》, 쇼가쿠칸

《디지털 대사전(デジタル大辞泉)》, 쇼가쿠칸

내가 신이 되는 세상

1판 1쇄 발행 2022년 10월 3일
1판 2쇄 발행 2023년 12월 15일

저　　자 | 도리이 아야네
감　　수 | 에노모토 아키
역　　자 | 최서희
발 행 인 | 김길수
발 행 처 | ㈜영진닷컴
주　　소 | ㈜08507 서울 금천구 가산디지털1로 128
　　　　　 STX–V타워 4층 401호
등　　록 | 2007. 4. 27. 제16-4189호

©2022. ㈜영진닷컴

ISBN | 978-89-314-6617-1